「我要你親手摧毀，你最不捨的東西

序章 III
PROLOGUE III

序章III PROLOGUE III

你寧願放過一個壞人？還是冤枉一個好人？

放過一個壞人，他可能會再次做壞事，傷害更多的人。

冤枉一個好人，他的一生會被你摧毀，一世永不翻身。

其實答案就是……「你是否既得利益者」。

如果你是他的家人，當然不想自己最親的人被無辜冤枉；但如果你只是旁人，當然會選擇犧牲小我完成大我，用情緒勒索的方法說……

「如果放走壞人，再有人遇害唯你是問！」

無論是怎樣的選擇，只要「合理化」自己的決定，就不會出現對與錯，只會出現有利於哪一方。

就如電車難題（Trolley Problem）一樣，你會殺一個人去救更多的人，還是什麼也不做，讓「更多人」等死？怎樣的決定，只在乎於回答的人如何將自己的答案合理化。

「人性」，從來也不是非黑即白，存在太多的灰色地帶，不，更正確的說，人性更像是「綠藍悖論」（Grue Paradox）。

假設，你一出生就分不清藍與綠兩種顏色，你看到的天空是綠色，森林是藍色。

有天，有人告訴你天空是藍色，森林才是綠色。

你看到的「藍色」其實是綠色，但因為你一出生就確定藍色為綠色，所以，當有人告訴你天空是藍色時，就算你看到的是綠色，你也會回答：「媽的，當然是藍色吧！」（其實你看到的是綠色。）

那你要如何證明自己沒有把藍綠色反轉？

更進一步去想，其實，會不會每個人眼中的世界也是不一樣的？

這已經不是物理問題，而是他媽的哲學問題。

「人性」，就是一個哲學的問題，在每個人的世界也是不一樣，更不是非黑即白。

假設，你一出生不是分不清藍綠色，而是分不清善與惡……

我們從小就接受「道德」的教育，可惜的是道德不能解決所有人類問題，我們都被困在一個叫「地位遊戲」的枷鎖之中。

職場、社交、日常生活，都存在著隱形規則，見高拜見低踩已經變得習以為常，只要地位愈高，就愈能得到比別人更多的利益。所以每個人都放下了小時候學習的「道德」，把別人踩在腳底，讓自己可以爬到更高的地位。

久而久之，反社會的人與沒法得到同樣利益的人，就會出來反抗，世界大亂。這樣的情況在每一個時代不斷循環，無日無之。

從「智人」演化變成現在的我們，沒有一秒不是在生靈塗炭。只要有智人的地方，其他生物就會滅絕，數十萬年來直至現在，人類依然如初。

最可笑的是，人類這樣殘酷的生物沒有絕種，反而是他媽地繁衍更多的「破壞者」。

其實，死的人愈多，不就是對世界愈好？

怪不得什麼地震、海嘯、山林大火等天然災害，那個你信奉的「神」沒有出來拯救人類，只是袖手旁觀地目睹救援人員對著受災者束手無策。

或者，「祂」想死多一些自私的人類也不定呢，嘰嘰。

回到最原先的問題。

你寧願放過一個壞人？還是冤枉一個好人？

我的選擇是……

放過那個壞人，讓他繼續破壞世界、繼續殺害其他人，同時，冤枉那個想阻止他的好人。

「神」也袖手旁觀不去拯救無辜的人，那為什麼我要幫助好人？

操你媽，世界愈亂愈好，像我這樣的人才能夠生存下去。

像屍蟲一樣，在罪惡低劣的環境……生存下去。

這就是我……

岳隨歡的想法。

……

……

《APPERO人性遊戲》第三部，最後的結局。

「自私、醜惡、妒忌、貪婪、兇殘、猜疑、爭鬥、排擠、欺騙；淫慾、狡詐、卑鄙、憎恨、無恥、自負、虛偽、變態、偽善；厭世、勢利、傲慢、憤怒、偏見、扭曲、利己、虛榮、報復。」

「慈悲、信任、公平、寬恕、和平、正義、善良、真誠、純潔；正直、誠實、同情、謙遜、慷慨、無私、寬容、仁慈、勇敢。」

人性，我們沒法控制的人類屬性。

ENJOY THE GAME.

要道歉嗎？我要你跟我一樣痛苦才叫道歉。

GAME 10

前奏

PRELUDE

GAME 10

前奏 PRELUDE 1

「同情，人類的憐憫之心，是一種高尚的人性，每逢天災人禍，網路上的同情心就會爆炸，大家都最愛用『同情心』來讓自己在別人眼中看來更有吸引力。

美國作家蘇珊．桑塔格（Susan Sontag）在《旁觀他人之痛苦》中寫道：『同情是一種不穩定的情感。它需要轉化為行動，否則就會枯萎。』很明顯在說明只有單純的同情而不行動幫助，根本就沒有用。無論是一百年前的年代，還是現在，人類都喜歡『消費』同情心。

你同情饑荒中人們嗎？你同情戰火中的兒童？但你又捐過幾多錢給他們？

自己在心中回答就好了。」

……

……

「珍寶海鮮舫」遊戲前，新疆崑玉市南邊山區。

一個杳無人煙的荒郊野外，卻有著一個兒童遊樂場，鞦韆、瀡滑梯、氹氹轉……應有盡有，可惜日久失修，已經殘破不堪。

沒錯，這裡就是多年前山邪東來面試的「培育兒童中心」。

當然，我們都知道這裡不是什麼培育兒童的地方，這裡只是殘害兒童，截肢、弄盲、火燒等等，讓他們變得更可憐，行乞時可以博取更多別人的同情心，還有……金錢。

已經很久沒有陌生人來過這地方，今天出現了兩個人。

山邪東與初見苦。

自從邪東讓見苦知道弒母的真相，見苦墮入了深淵之中，加上了「螺旋」的藥效，見苦整個人就像變成了另一個人。

那時候，邪東對他說了一句非常一針見血的說話。

「你才不是變成另一個人，你只是回復了真正的自己。」

同樣殺死自己父母的邪東，非常明白見苦現在的情況，因為他同樣在小時候做出別人說是滅絕人性的事。不同的，是見苦的潛意識讓他忘記了這一切，而邪東自己卻一直也銘記著，燒死父母時……

那一份快感。

然後，邪東把見苦帶到了新疆南部，來到三天，見苦完全沒有說過一句說話，只是像坐監一樣，困在酒店房一步也不出門。

當然，邪東從來也沒有困著他，他知道見苦會有一天想清楚，然後會得到「脫變」。是「美化」由蠶蟲變成蝴蝶，還是「黑化」由卵鞘孵化蟑螂，就只有他自己才知道。

一星期後。

見苦終於從惡臭的房間走了出來，酒店房內滿地垃圾，吃過的杯麵、啤酒罐、食物盒等等，還滿佈蟑螂，比垃圾房更可怕。

他走進了升降機，一星期沒有洗澡的他，全身散發著惡臭，升降機內的其他人也掩著鼻子。

「滾開！很臭！」一個男人大叫。

「你是不是吃了屎？全身都是臭味？」另一個男人掩著鼻子說。

見苦沒有理會他們，只是眼神呆滯地看著前方。

「你媽沒教你洗澡的嗎？正一狗屎！」

「你媽」這兩個字一出，見苦立即有反應，他狠狠地雙手扼住男人的喉嚨！

男人叫也沒法叫出來，其他在升降機內的人當然沒有幫手，男人快要被見苦勒死！

他快要休克之際，升降機來到了地下層，大門打開，邪東正在門前。

「嘰嘰！看來你已經想通了！」他高興地說。

見苦看到他，放開了手，他走到邪東的面前。

「操你娘！很臭！」邪東做了一個意想不到的動作：「別怕，我們現在不就是臭味相投了！」

邪東用力地擁抱著見苦！

同情心，就是在別人的傷口前停下腳步的溫柔，你還是會一刀捅下去？

前奏 PRELUDE 2

酒店天台。

見苦洗澡過後，換上了新衣服，還吃了一頓美味的大餐，他看來精神多了。

邪東把一罐啤酒掉給見苦。

「紅烏蘇啤酒，比香港的好喝多了。」邪東說完把整罐啤酒倒下肚：「媽的，太爽了！」

「為什麼帶我來這裡？」見苦終於說出第一句說話。

「你不想想自己為什麼要跟我來這裡？」邪東笑說：「我覺得你很像我，我想幫你。」

「幫我什麼？」見苦喝下啤酒：「還是你想我變成另一個你？」

邪東苦笑了，山邪東想見苦變成另一個自己？

的確，邪東有這個想法，可能是因為可憐他，邪東覺得殺死他媽的父母根本就不是一件什麼錯的事，他內心希望見苦不要自責，就跟他一樣，不要有一點悔意。

邪東分享了自己從陳牙山變成山邪東的整個故事，見苦沒有說話，一直聽著他細訴當年。

「趙老闆被殺後，本來我會成為集團的最高層，不過，最後我被白頭佬邀請成為『人性遊戲』的策劃者。」邪東說。

想挖出見苦「邪惡基因」的人是緣黑蜜，他的目的非常簡單，就是要浪牧與白蜜他們自責與痛苦，摧毀他們三個人的關係。

黑蜜純粹只是覺得「好玩」，不過，邪東卻有另一個想法，他非常喜歡這個跟自己一樣殺害母親的見苦。

「為什麼要將你的事告訴我？你還有什麼目的？」見苦問。

「你知道誰是呂布嗎？」邪東突然問：「他被稱為『三姓家奴』，我反而最喜歡這樣能屈能伸的英雄。」

邪東曾殺害趙老闆，奪取他的所有，就如呂布殺董卓。現在邪東有一個更瘋狂的想法，他想成為更高層的人，然後……奪取「上帝之源」。

「我需要你加入我。」邪東奸笑：「只有你才明白我為什麼要殺死自己的父母，我覺得跟你可以合得來！」

見苦看著邪東邪惡的表情，他不是瘋了，就是活得不耐煩，竟敢向死神挑戰。

「我知道，我只是一隻棋子，不過那個緣黑蜜何嘗不是？白頭佬不是？」邪東喝下啤酒：「我們都只不過是『他』的棋子，『人性遊戲』還有一個隱藏在最後的 BOSS，我要對付他，奪取他的所有，你說，是不是很好玩？」

見苦在思考著。

「我才不是你的敵人，那個該死的『人性遊戲』背後的真正話事人才是；而且，現在我們不就有共同的敵人了嗎？」邪東說：「敵人的敵人就是朋友。」

「我為什麼要相信你？」見苦問。

「因為有個人說你會跟我合作，嘰嘰。」

「誰？」

邪東想了一想，搖搖頭傻笑：「一個說自己是……**未來人**的少女，嘿嘿。」

見苦皺起眉頭，現在是說笑的時候嗎？

邪東站了起來，指著一個方向。

「明天，跟我來！我會讓你找到只屬於你自己的……『正義感』！」

見苦沒有回答他，他心中正在盤算著。

同時，他想起了……一個喜歡的人。

委屈不是因為認輸，而是因為不想再解釋太多。

GAME 10 前奏 PRELUDE 3

新疆崑玉市南邊山區。

山邪東與初見苦來到了販賣兒童的舊總部。

「我的一切都從這裡開始。」

邪東指著那個已經脫色到快看不到文字的「培育兒童集團」門牌。

「荔園用的人體殘軀，都是由這裡供應。」邪東走向了建築物：「當年，我就是在這裡監生切斷一個男孩的雙腿才可以入職，如果說變態，那個吩咐我的趙老闆才是最變態。」

又把責任推卸給別人？見苦沒有回答他，他跟著邪東來到了建築物內。

還在工作的人，見到邪東的到來，都叫他「邪哥」、「邪哥」的，可見邪東在這裡的地位非常高，只因邪東一直收容不被社會接納的人成為他的員工，對那些人來說，邪東是一個「好老闆」。

邪東下令殘害別人是壞？而幫助有需要的人是對？

根本沒有一個正確的答案。

他們來到了當年邪東的「行刑房」，一個老頭已經在門外迎接他們。

「邪東！很久不見了！」

他叫張大，張大就是當年帶邪東來到房間的那個嘍囉，他不會忘記當年曾跟邪東說過不可能完成第二場面試。

最後邪東完成了，成為他的偶像。現在張大已經是這裡的主管。

「已經準備好了嗎？」邪東問。

「已經準備好！有四個！」張大高興地說。

邪東那個邪惡的表情再次出現，然後他打開了大門：「進去吧，這是你的主場！」

見苦跟他走進了房間，房間內傳出人們口齒不清的說話聲音。

見苦瞪大了眼睛，看著面前詭異的畫面！

房間內，有四個男人，他們像東南西北被鎖在角落，他們想說話，卻口齒不清，因為……

他們的舌頭被勾著鐵鈎！

鐵鈎連著鐵鏈，四條鐵鏈一直伸延到中間的位置，一台奇怪的儀器之上。

「這四個男人，禁錮一個智商有問題的少女長達十年，性侵、強暴、虐待什麼也做齊，是人渣中的人渣！」邪東走向其中一個男人，一巴掌打在他臉上：「最後，那個少女被虐待而死，在她死前她的手腳已被打斷，瘦得皮包骨。」

「依～依～呵呵～依～」男人發出了噁心的叫聲。

「還不夠殘忍？當然不夠！」邪東掃視他們：「在少女被禁錮的第二年，她懷有身孕，誕下了一個女嬰，也成為這四隻禽獸的目標！七歲的女孩在死去的母親前大聲痛哭，才被鄰居發現禁錮事件，而那個女孩被救出來時已經不能說話，因為女孩已經被他們四個人……剪去了舌頭！」

見苦用憤怒的眼神看著其中一個男人。

「請問你會如何對待這些畜生不如的禽獸？」邪東看著見苦。

邪東按下一個控制器，中間的儀器開始慢慢轉動，把鐵鏈收緊，同時拉動著四個男人舌頭上的鐵鈎！

四個男人瘋狂地大叫，可惜，沒法說出話來！

「我們現在來一場遊戲吧。」邪東把遙控器與一把鎖匙掉給見苦：「你可以選擇拯救他們，又或是殺了他們，任君處置！」

有時，沒原因從不主動傷人，除非，他看起來值得被毀掉。

GAME 10

前奏 PRELUDE 4

只要見苦按下遙控器，他們四個男人的舌頭將會被扯斷！

「你會用你的『正義感』去殺死跟你無關的人？」邪東點起了煙。

他像在等待卵鞘孵化成蟑螂的過程。

見苦放下了手上的遙控器，他在……掙扎？

從前的他根本不會殺害別人，就算是窮凶極惡之徒也好，漫畫主角都會給他們改過自新的機會。

見苦一直也是這樣想。

「不，不可以……」見苦搖搖頭。

「哈！我就知道你……」

邪東還未說完，見苦搶著說：「**不可以這樣輕易就讓他們死去**。」

他走到了行刑房的枱上，拿起了一把生鏽的刀，邪東也沒想到他要做什麼。

見苦走到其中一個男人的前方。

「強暴女人很好玩嗎？」見苦看著他說。

男人沒法說話，只能發出噁心的叫聲，像在向見苦不斷地求饒！

「我、問、你、是、不、是、很、好、玩？！」

見苦把刀插入了男人的下體！

不只是一刀，而是不斷插入、不斷拔出，重複著整套動作！男人痛苦的大叫，尿液與血水瘋狂流到地上！還有那兩顆「圓圓」的東西！

見苦把那顆血淋淋的東西拾起，然後塞入了男人的口中！

「吃吧！很補身！嘰嘰嘰！」

很快，見苦已經望向另一個男人，他不只要他們被勾出舌頭而死，他還要他們死前感受男人最痛！

這結果讓邪東喜出望外！他沒想到現在的見苦，比他想像中更可怕！

更兇殘！

行刑房內不斷傳來了痛苦的大叫，血水與尿液讓房間傳出了嘔心的氣味，沒有幾多人可以長時間逗留在房中。

見苦把四個男人的下體都切掉後，掉下了手上的刀，疲累地坐在地上，他拿出了遙控器。

他要判處四個男人死刑了嗎？

不，見苦看來覺得還未足夠。

他想了一想：「邪東，我想要一台VCD機。」

「媽的，你要來幹嘛？」

「我還要……」見苦邪惡地微笑：「色情片光碟。」

邪東呆了，幾秒後他知道見苦想做什麼，他笑說：「見苦，你這樣也太過分了！」

「過分得過這四隻禽獸？」

見苦不會立即行刑，而是給割去下體的四個男人看色情片！

「就看看他們會有什麼反應！」見苦猙獰地奸笑：「我看你們要怎樣扯旗！嘰嘰嘰！」

「好玩！好玩！好玩！好玩！」邪東在拍手：「我一定會為四隻畜生準備最精彩的四仔！」

……

……

……

十五分鐘後。

「呀～呀～不要～插入一點～插入一點～」

行刑房傳來了女人呻吟的叫聲，邪東坐在門外抽著煙，他沒想到見苦想出這種折磨他們的方法，而見苦正在看著被折磨的四個男人。

「媽的，聽到我也快硬了，嘰嘰嘰！」邪東陰險地笑著。

又過了十分鐘，邪東回到行刑房，他看到見苦坐在中央的位置，還有四個生不如死的男人。

「好了好了。」見苦指著其中一個男人：「現在給你們選擇，你們想立即死去？還是想被我折磨多三日三夜？如果想快點死去，大叫吧！」

現在這四個男人，絕對是比死更難受！

行刑房傳來了從來沒有過的歇斯底里大叫聲！

四個男人瘋狂大叫！

「很好，是你們自己選擇的。」見苦按下了遙控掣：「去死吧，賤種！」

你以為自己是受害者？或者，你只是沒機會成為加害者。

GAME 10 前奏 PRELUDE 5

見苦按下遙控掣後，中央的儀器旋轉，鐵鏈快速被收緊！

不到數秒，四條舌頭被監生從嘴巴裡扯了出來，四個男人當場死亡！

房間只剩下女人的呻吟聲，見苦把電視關掉，現場一片死寂。

「媽的，看來見苦你真的脫胎換骨了。」邪東笑說：「第一關通過了，不過，還有第二關！」

就如邪東當年一樣，殺死窮凶極惡的人，對於擁有「邪惡基因」的人來說，絕對不是什麼難事，最困難的，就如當年邪東，他要斬斷一個手無寸鐵的男孩雙腳！

邪東把見苦帶到一間簡陋的病房，一個看似七、八歲的女孩，一動也不動躺在床上。

「她就是被殺死的女生所生的女兒，她的舌頭在她更小年紀時被剪掉。」邪東走到女孩身邊：「因為她大叫引來鄰居注意，結果被那些男人毒打昏迷，現在連呼吸都要依靠儀器。」

見苦看著那個骨瘦如柴的女孩，她的嘴巴微微張開，感覺就像離死亡不遠。

「現在她只能依靠儀器為生，醫生說，就算她能夠醒過來也只會瘋瘋癲癲，根本不能說是一個正常人。」邪東說：「她已經沒法回到正常的社會生活，一世人也不知為了什麼而活。」

心電圖微弱地跳動著，就像女孩的呼吸一樣脆弱。

「她的母親已經死去，現在由你決定她的生死。」邪東說：「你會結束她的生命嗎？」

見苦走到女孩床邊，他溫柔地撥動著她的頭髮。

現代人為什麼愈來愈不想生小孩？只因生了小孩也不知道要他如何生活。在這個由有錢人創造的世界中，我們都相信每一個小孩長大後都不會快樂，那為什麼要生他出來受苦？

這個女孩根本不能照顧自己，如果她真的僥倖甦醒過來，不用想也知道，她將會被唾棄、被取笑、被人欺負，永遠掛著精神病人的標籤，沒法過正常的生活。

我們還是會給她一個生存的機會嗎？

「你」還是會讓她生活在這個殘酷的世界？

見苦沒有多說半句，他……

一手把女孩的喉管拔走！

心電圖機發出了刺耳的警告聲，很快女孩全身抽搐，直至……心電圖只餘下了一條線的聲音。

很靜，比四個男人死去的行刑房更靜。

見苦的眼淚流下。

見苦沒問她的意願就把她殺死？

他很殘忍？他不給女孩一次生存的機會？他是殺人兇手？

問題是，我們也沒有問過她想不想來到這個世界。

或者，某些站在道德高地的人看來，見苦絕對不可原諒；不過，對於小時候曾被當成智商有問題的見苦來說，女孩的死亡才是……

真正的解脫。

「我知道你一定會這樣選擇，我……」

邪東還未說完，見苦已經一拳轟在他的面上！邪東整個人向後翻倒在地上，他再次沒法想到見苦會是這樣的反應！

見苦蹲下來，看著嘴角滲血的邪東：「以後別再跟我玩這些白癡遊戲，不然，下一個死的人是你。」

每個字也說得清清楚楚，給邪東一份充滿恐懼的壓迫感。

「嘰嘰嘰嘰！」邪東瘋了一樣大笑。

他笑什麼？

他笑自己還在測試眼前這個男人，其實根本就不用！他在笑自己的無知！

同時，他已經知道見苦將會跟自己合作！

兩個擁有「邪惡基因」的男人，就在一個剛死去的七歲女孩病床旁……

一個瘋狂大笑，一個流下眼淚！

他們兩個人，將會代替女孩生存下去，繼續屬於他們的故事！

解脫絕不是殘酷，而是把痛苦結束。

前奏 PRELUDE 6

一星期後。

見苦的酒店房內。

「你何時回來？」浪牧在電話中問。

「回來教訓你嗎？」見苦躺在床上，看著天花板。

見苦一直有跟浪牧聯絡，當時他已經知道白蜜跟浪牧在一起，沒半點痛苦是騙人的。不過，自從見苦知道自己殺死母親之後，他覺得白蜜跟浪牧一起，絕對會比跟他一起更好。

很虐心，卻是事實。

「見苦，其實你不用一個人承受，你還有我跟白蜜。」浪牧說。

「別要把我的事告訴她，這是我唯一希望你做的事。」見苦說：「以後，我不會再跟你爭白蜜，因為這是她的選擇。」

「我寧願你跟我爭。」

此時，有人敲門。

「我有事要忙，我再跟你聊，再見。」

「自己小心。」

「你們也是。」

掛線後，見苦打開了房門，一個平頭裝的男人在門外。

「你是誰？」

「趙平。」男人說。

「趙平？」

「我也參加了人性遊戲，而且在敗者復活戰勝出。」趙平說。

「你怎樣知道我在這裡？」見苦皺起眉頭。

「因為我一直也跟蹤你們。」趙平想了一想：「不，更正確來說，我一直在跟蹤山邪東，而且新疆是我的老家。」

「我不明白。」

然後，男人說出了誰也沒想到的說話。

「我是趙老闆的兒子。」趙平坦白說：「我參加人性遊戲是為了替父親報仇。」

「你們的事與我無關。」

見苦準備關門，卻被趙平的腳擋著。

「我知道你根本不相信山邪東，他也一直在利用你。」趙平說：「我們合作吧，下一次遊戲我會幫助你。」

正當見苦想拒絕之時，他想起了浪牧與白蜜，或者，多一個人會對他們有幫助。

他想起了邪東說的「三姓家奴」。

邪東以為見苦會跟他合作，這個叫趙平的也是這樣想；其實，他跟浪牧與白蜜的「羈絆」從來也沒有改變。

更有趣是黑蜜他們以為邪東一直效忠「上帝之源」，其實邪東想把整個組織吞併，同時，邪東也不知道趙老闆的兒子正在等待復仇的機會。

錯綜複雜的關係，最後，誰才是最大的贏家？

「我一直也在觀察你，你不可能真心想加入邪東吧？」趙平說：「跟我聯手，一定比跟這個邪惡的人更好。」

「我為什麼要聽你的話？」見苦用談判的語氣說。

「因為我知道一些你不知道的事。」趙平說：「有關這個組織。」

「是什麼？」

「你不讓我先進來再談？」趙平說。

見苦讓他進去，趙平開始說出自己調查人性遊戲而得知的資料，他當然調查到人性遊戲背後是由「上帝之源」舉辦，不過，趙平知道的見苦與浪牧早就知道了。

「看來，你那些資料，一點用也沒有。」見苦說。

浪牧曾經說過，這個組織是有心讓某些人調查到他們，看來他沒有說錯。

「那個主持犬姬和御手洗，本來也是拐帶集團的人。」趙平說。

終於有一些見苦不知道的事。

趙平說，他們二人負責拐帶未成年少女，再賣給其他男人當性奴。他們的生意非常好，正因如此，他們虧空了賺來的錢，最後被他父親趙老闆毀容，所以面上才綁著白色的繃帶。

「這兩個賤種之後還繼續做這檔事？」見苦有點生氣。

「他們才沒有退出，因為利益非常大，而且之後我父親死了，他們想怎樣就怎樣。」趙平說。

見苦皺起眉頭，他心中要對付的人又多了兩個。

「還有一件你絕對不知道的事。」趙平說。

「你夠了沒有？不就一次過說出來吧？在吊什麼癮？」見苦更生氣。

「我才不知道，原來你什麼也查到了。」趙平說：「我發現了『上帝之源』……應該說是操控整個人性遊戲背後的人。」

「是誰？」

這個對見苦來說，的確很有興趣。

「是一個小孩。」

「小孩？」見苦皺眉：「你是說那個遊戲設計師BLACK？對，我知道他的確是未成年。」

見苦知道BLACK就是緣黑蜜，不過，他沒打算告訴趙平。

趙平搖搖頭。

「是一個未夠十歲的小孩。」

「怎可能？！」

當世界愈是殘忍，就愈覺得不需要善良的人品。

GAME 10 前奏 PRELUDE 7

珍寶海鮮舫遊戲前三天。

邪東已告訴見苦三天後會在珍寶海鮮舫進行遊戲，這段時間邪東已經完全相信他。當然，見苦亦知道御手洗、犬姬、烏賊，還有殺死小郎的何元陰也會參加，形成了一個團隊。

那時，見苦跟浪牧已經決定了，利用邪東的信賴，暫時扮成兩人反目，當然，他們沒有告訴白蜜。

見苦獨個兒坐在一間牛肉麵店外露天的木椅上，麵店牆上貼著日本寫真女星星野亞希的性感海報，還播放著老歌。

「留下只有思念～一串串永遠纏～浩瀚煙波裡～我懷念～懷念往年～」

梅艷芳的《似水流年》。

見苦看著街上玩耍的小孩，明明他們都很窮，衣服也看似很舊，卻非常快樂。

什麼才是真正的快樂？

如果他們的家庭變得有錢，會比現在更快樂嗎？

小孩……

他想起了趙平跟他說的情報。

趙平說真正的幕後話事人是一個小孩，根本就是天方夜譚，一個小孩怎可能控制著整個人性遊戲？一個小孩就是「上帝之源」的 BOSS？

見苦有意無意地問過邪東，他也不知道白頭佬所說的 BOSS 是什麼人，只知道他有一個叫阮柏臣的兒子，還有大家都稱呼他做「阮生」。

「阮生」怎麼可能是一個十歲不夠的小孩？

「不可能。」見苦自言自語。

此時，小孩玩的西瓜波滾到見苦的腳下，其中一個男孩走向他，見苦把西瓜波拾起。

「告訴我名字，我才還給你。」見苦說。

「才不要！白癡仔！快給我！」男孩一手把西瓜波搶回去。

「嘿，看來什麼地方的小孩都是一樣。」

他想起在歡樂天地打工時，一個男孩掟彩虹出術，還要說自己是白癡。

見苦看著那群小孩繼續玩西瓜波，突然……

他想到了什麼，站起來！

「沒錯，在荔園我見過那個男孩！」

他也參加了人性遊戲？但在最後遊戲結束時，沒有再看到他的身影，這代表了那個男孩可能已經被殺害？

現在的他已經跟從前不同，在見苦心中，覺得這樣的孩子死有餘辜？還是留有半分的惻隱之心？

他所想的通通都不是，讓見苦驚訝的，是他想到了「另一個問題」。

「吃飽了嗎？我們下午回去香港！」

此時，邪東走向了見苦。

「邪東，我想知道為什麼何元陰要燒小郎的屍體？」見苦表情緊張。

「天曉得，雖然他替我工作，但我沒法控制一個人要做什麼。」邪東說：「而且你問一個變態的人，他也不會告訴你原因，也許他只是因為好玩罷了。」

「好玩……」見苦在沉思。

「你想知道什麼？」邪東問。

「死去的人都沉沒大海，能夠找到那些人的資料？」見苦問。

「不是我安排，都是緣黑蜜那個小子。」邪東說：「媽的，你愈說我愈覺得我根本就是一隻棋子，下一場遊戲，我竟然真的變成了參加者。」

見苦沒有聽到他的抱怨，心中只想著其實邪東一直蒙在鼓裡，有些事也許只有「更高層」的人才知道。

「別想太多了！準備出發！」邪東說。

見苦還看著正在踢波的小孩……

他發現了什麼？

……

…

．

在珍寶海鮮舫的「數字信任遊戲」中，最後犬姬和何元陰被見苦用計殺死。

雖然已經替小郎報仇，但留下的謎團……

依然還未解開。

有時，人最擅長的不是愛，而是偽裝成懂得愛。

GAME 10 前奏 PRELUDE 8

珍寶舫遊戲後一星期。

旺角元綠壽司店。

四個人相約在這裡，場面卻有一點尷尬，見苦、白蜜、浪牧，還有白蜜的一位朋友，蔡芥美。

認識白蜜之前，浪牧曾跟芥美共宿一宵，浪牧怕尷尬，把見苦也叫來。其實這樣場面更加混亂，因為見苦喜歡白蜜，浪牧就是他的情敵；而跟情敵上過床的芥美，又是白蜜的同事兼朋友。

貴圈真亂。

「浪牧別這樣！我從來也沒介意過你們的過去！」白蜜打破了沉默：「對吧，芥美？」

「對對對！」芥美一面吃著壽司說：「當時你們還未認識，根本不用尷尬！」

「就是了……哈哈！」見苦笑說，盡量顯得自然，拍拍浪牧。

浪牧勉強地微笑。

「不過，你們的關係不更奇怪嗎？白蜜跟我說有兩個男生跟他示愛，就是你們吧？你們不就是情敵嗎？」芥美突破盲腸：「白蜜選擇了浪牧，而見苦仍然喜歡白蜜；現在卻因為浪牧怕尷尬，帶了情敵過來，好亂啊！」

「妳別再亂說話！吃多點吧！」白蜜拍打她的頭。

「對，見苦啊，我現在單身，不如就選我做女友吧？沒人愛你太浪費了，我喜歡金城武髮型的男生！」芥美繼續說：「讓我比較一下，你們兩個誰的床上功夫更厲害，嘻嘻嘻！」

「芥美！」白蜜大叫。

「不，我……」見苦臉也紅了。

「不用比吧？我怎會輸給見苦？」浪牧表情很認真。

「真的嗎？」見苦也不甘示弱：「我可是漫畫中的超強角色！」

兩個男人又在比拼，場面更加混亂！

本來盡量扮作不尷尬的白蜜，現在變成了最尷尬的一位，看來這次聚會都會以失敗告終。

其實白蜜知道芥美與浪牧的事後，她只是想當面對好友和男友說自己不介意，沒想到會變成現在的場面。

四人的聚會完結後，芥美有事先離開，他們三人來到了許留山，本來晚上不吃甜品的白蜜，也點了一杯芒椰奶西定定驚。

「這芒果撈野很好吃。」見苦跟浪牧說：「你這大少爺應該沒吃過吧？來一羹。」

見苦給他「餵」了一羹，浪牧品嚐後說：「真的！比我以前吃的意大利高級甜品更好吃！」

「怎麼我覺得你們更像情侶呢？」白蜜扁著嘴說：「你們還是一點緊張感也沒有！不知道下一場遊戲是玩什麼啊……」

兩個男生對望，大笑了。

「蜜，不用擔心。」浪牧把手疊在她的手背上。

「對，我們不是最強的組合嗎？」見苦和應。

「好了好了，是最強組合就是了。」白蜜咬著飲管：「但那件事……」

他們收起了笑容。

「一會不就來我家嗎？『那東西』我保存得很好。」見苦說：「很快就會知道答案。」

這次聚會的真正目的，終於來了。

無論下一場遊戲是什麼也好，他們也要弄清楚「一件事」。

只有他們三個人會在意的一件事。

見苦說保存得很好的東西是什麼？

就是那個……

《幽遊白書》書包。

最強烈的存在感，往往是因為注定不被選中，才會強烈。

GAME 10 前奏 PRELUDE 9

見苦家中。

「喵～」

墨水已經回到見苦的家，回到真正屬於自己的家。

他們三個人看著桌上的《幽遊白書》書包，是他們三人送給小郎的書包。

留下來的書包，成為了紀念小郎的遺物，他們沒有打開過它。

為什麼他們要在意這書包？

除了是紀念死去夥伴的遺物，還有什麼其他的意義？

「其實我覺得不可能。」白蜜看著書包說。

「不過，把所有事情串連起來，也不是沒有可能。」浪牧說。

「我也希望我們是錯的，書包內什麼也沒有。」見苦說。

珍寶舫遊戲後，他們再一次到工廠找小郎的媽媽，發現她不是沒有上班，而是「消失」了。

見苦問過廠長，小郎媽媽只是短期兼職，而且也沒有留下任何個人資料，從那天開始她就失蹤了。同時，浪牧曾問過小郎媽媽，小郎父親的資料，他托人尋找父親，卻發現……

根本沒有這樣的一個人。

還記得嗎？最初小郎說自己參加人性遊戲，是主動打去玩電話遊戲而開始，跟其他的參加者不同，而他們亦有調查過「173 熱線」，根本就沒有像小郎所說的電話遊戲。

如果依照以上線索，可以得出一個最有可能的結果……

小郎在說謊。

「見苦，我想再確定一次。」浪牧問：「你說那個你在歡樂天地遇上的小孩，真的有參加人性遊戲？」

「嗯，我之前只是忘記，但不會記錯。」見苦說。

「如果當天死去的男孩是他，何元陰的行徑就能夠解釋了。」浪牧托著腮說。

他所說的，就是為什麼何元陰會燒毀小郎的頭部，因為只要把兩個身高體重相近的男孩交換了衣服，加上當時在遊戲中已經被割去五官，燒毀頭部後，他們根本就分不清楚誰是誰。

當時，只能憑這個《幽遊白書》書包，而認為死去的人是小郎。

浪牧的意思是……

小郎根本就沒有死去。

那個叫楚家康的男孩，代替了小郎死去。

就如第一場遊戲，山邪東扮成濤伯，隱藏在APPER之中，原來，不只是他，還有另一個人，甚至連山邪東也不知道！

再加上趙平跟見苦說「未夠十歲的小孩」才是幕後主持，讓他們更加的懷疑。

這就可以解釋為何何元陰會聽一個男孩的吩咐，去燒毀另一個男孩的臉！

打電話參加遊戲是假的。

工廠的媽媽是假的。

被毀容燒掉的頭顱也是假的。

就如浪牧所說「串連起來」後，不可能會有這麼多的「巧合」。

現在，只餘下這個《幽遊白書》書包成為最後的線索。

如果小郎真的是一直在隱藏身份，他留下的這個書包，就是有心留給他們三人的。

「不可能！不可能！」白蜜不斷搖頭：「小郎很乖，完全沒可能欺騙我們！不是嗎？」

他們兩個沒辦法回答白蜜，其實，就連他們也不想相信，這個天真無邪的男孩就是幕後黑手。

「好吧，我現在打開看了。」

見苦說完，打開了那個《幽遊白書》書包。

最可怕的不是被騙，而是習慣了被騙。

他們的心情非常矛盾，如果只是他們亂猜，沒有事情可以改變。如果他們不幸言中，這代表了小郎沒有死去，他們是高興的，但同時代表了……

小郎一直在說謊。

拉鍊打開，書包內，放了一些文具和玩具，還有一張他們四人的合照。

見苦檢查了一次書包，然後是浪牧，沒有發現什麼特別的東西。

「我都說是我們亂想了！」白蜜好像鬆了一口氣。

「等等……」見苦拆開了一個叮噹玩具，在叮噹身體內：「有張字條！」

字條上寫著一個「173」字頭的號碼。

就在這一秒鐘，他們的心跳加速，因為很快就會知道答案。

也許是他們「最不想」知道的答案。

浪牧立即打出那個電話號碼，然後開了擴音……

「歡迎你致電『孖寶兄弟遊戲熱線』！我們會帶你進入一個色彩繽紛的幻想世界！準備好迎接冒險了嗎？如果你是男生，請按1字；如果你是女生，請按2字！」一把錄音的聲音說。

是小郎跟他們說的電話遊戲！

「你是男孩大英雄！現在你開始進行冒險，你來到了一個大草原，啊！小心啊！你面前有一隻龜，如果你想跳起踩扁牠請按1字，如果你想躲開牠請按2字。」

浪牧按下了1字。

電話沒有發出任何聲音，他們的心跳加速。

直至三十秒後……

「嘻嘻，看來被你們發現了！這個遊戲……好玩嗎？」

一把男孩的聲音出現！

沒錯，他們三個都不會認錯……

是小郎的聲音！

……

…

.

「**雲端**」。

在九十年代，根本就不會有人知道什麼是雲端，就算知道它的運作原理，也會說是妙想天開的想法。

就如在「地平說」的時代，全世界都認為地球是平的，但你說地球是圓的，就會變成無稽之談，甚至是妖言惑眾，招至殺機。

其實，人類的思考是在另一個「物質」上運作，腦袋只是一個接收工具，像「雲端」一樣的方式，把想法、思考、意識與潛意識輸入到我們的腦部內，才會有我們現在的「思考」，這就可以讓兩個人或以上的身體，共同使用一樣的思考系統。

二十年後，「他」終於成功把一個人的思考系統，入侵了另外三個人的身體，成為了*三位一體的「替身」。

用這樣的「替身」，在北韓跟岳隨心、倩俐靜與阮柏臣進行「人性遊戲」的最後一場遊戲。

「他」就是阮生，阮楚義。

「上帝之源」其中一位最高決策人。

一個一直醉心研究「人性」的男人。

在九十年代，科技還未成熟，「雲端入侵」不能像未來二十年後，可以同時把思考系統輸入到三個成年人的身體，但這技術已經略有成果……

* 三位一體的「阮生」與最後的遊戲，詳情請欣賞孤泣人性遊戲系列《APPER4 人性遊戲》。

雲端入侵可以在小孩身上實現。

一個十歲以下的小孩身上。

沒錯，楊友郎的真正身份，就是……

阮生，阮楚義！

真相從來不會傷人，傷人的永遠是被揭穿的假象。

見苦家中，他們繼續聽著電話錄音。

「嘻嘻，看來被你們發現了！這個遊戲……好玩嗎？」

「小郎……」白蜜不敢相信。

「知道我還未死去，你們應該很高興吧？」錄音繼續播放，還是那一把天真的男孩聲音：

「本來我不想這麼早告訴你們，你們會在荔園之後就發現？還是下一場遊戲才發現？抑或一直也沒有發現呢？」

他們三人認真地聽著。

「我真的很期待，當你們知道真相時會是什麼樣子，嘻嘻！」

然後，小郎說出了「雲端」思考系統的內容，他們完全不敢相信會是這一回事。

「可能你們會問，我為什麼要假扮一個小孩？不，正確來說，為什麼要共享小孩的身體？老實說，當我第一次嘗試時，身心變得更有童真，我也覺得非常神奇。一直以來，我很想了解『人性』，對人性的癡迷可以說是執著的程度，我想從一個小孩的身份去了解『人性』是什麼。」

小郎停頓了一會。

「從你們的身上，很難得地讓我感覺到人性的『善』，你們會照顧、體諒、幫助我，我很久沒感受過這種溫暖，同時讓我有一個新的想法……」小郎的聲線充滿了快樂：「人類能不能一直維持著小孩的智慧？世界會不會變得更好？九歲可能會太小，未必可以獨立生存，那……*　**十二歲呢**？我能否研發一種藥物，讓人類只有身體成長，而智力停止增長和發展，停留在十二歲的小孩的智慧？」

「他……簡直就是瘋了。」浪牧忍耐不住。

「成年人對著年幼的孩子會表現更多的善良人性，我想如果世界上的人類都只有十二歲智慧，或者所謂的烏托邦就會真的存在。我很期待，同時很感謝你們曾經給我的『愛』。」小郎認真地說：「對，也許你們還有一個問題，為什麼我要假死？其實一直潛伏在你們身邊不也可以嗎？我們來玩個遊戲，給你們十秒時間想想答案。」

他在倒數時間。

「我……大概知道他想說什麼。」見苦露出一個無奈的表情。

十秒過去，或者他們三人也想到了小郎「假死」的原因。

「沒錯沒錯！哈哈，我想你們已經想到了！」小郎笑說：「如果我不是死去，**你們又怎會為我報仇？你們還會繼續玩這個人性遊戲嗎？**當然，一切都基於你們沒找到這個電話號碼之前！哈哈！」

小郎一直玩弄他們的「人性」於掌心，他利用自己的死，讓他們一直參加人性遊戲！

當然，小郎沒有告訴他們，讓他們繼續遊戲，其實有一部分是為了緣黑蜜與源浪悅，他知道這兩個年輕人很想他們繼續下去，所以在暗地裡配合。

「時間也差不多了，聽完這個電話錄音後，你們可以選擇退出遊戲了。」小郎用成年人的語氣說：「不過，我還是期待未來能跟你們再次見面，ENJOY THE GAME！」

退出遊戲？

不，更加不會！除了是因為黑蜜與浪悅的事，他們才不甘心被小郎玩弄了感情！一種比「替小郎復仇」更深的感受，就是不甘心付出了真感情卻被玩弄……

見苦、浪牧與白蜜才不會退出！

這亦是……小郎的「計劃」？

阮生的計劃？

藏於天真笑容下，是最邪惡的繁花。

＊十二歲小孩的智慧，在未來的確出現了，詳情請欣賞孤泣另一系列《低等生物》。

GAME 11

對決

BATTLE

「謙遜，不過度誇耀自身能力或成就，尊重他人的態度保持低調。然後，社會出現了愈來愈多假謙遜的人，謙遜只不過是某些人精心計算的傲慢。荷蘭猶太裔哲學家巴魯赫．史賓諾沙（Baruch de Spinoza）曾說：『那些被認為最卑微和謙遜的人，通常是最有野心和最嫉妒的。』

假的謙遜很討厭，而真的謙遜也不見得怎樣，你愈是謙遜地貶低自己，別人愈是看不起你。謙遜就如毒藥一樣，長期的謙遜導致自我價值感低落，慢慢地，再沒有人真心尊重你。

不相信？你去問問那個洗碗的嬸嬸、執紙皮的婆婆，看看他們的謙遜，有沒有被人尊重過？」

……

……

黑暗三角人格（Dark Triad）。

自戀（Narcissism），驕傲自負、凡事以自我為中心、缺乏同情心。

馬基維利主義（Machiavellianism），喜歡操縱、剝削、缺乏道德、渴望權力（Power Hunger）。

心理病態（Psychopathy），反社會、冷酷無情、傷害別人後，絕不感到自責。

在歷史中，符合以上人格的包括有連環殺手泰德·邦迪（Ted Bundy）、納粹領袖阿道夫·希特拉（Adolf Hitler），還有秦始皇嬴政等。

其實，我們每個人或多或少都擁有這些人格特徵，只不過你不敢殺人、你不敢用毒氣毒死數百萬猶太人、你不敢犧牲無數人民來製造陵墓陪葬。

可惜，太可惜，就算是這些作惡多端的人也好，他們最後難逃一死，沒法讓「邪惡」延續下去。

要怎樣才可以延續「惡」？

研發「螺旋」這種藥物？製造「邪惡基因」的孩子？是不是唯一的方法？

反過來說，怎樣才可以延續「善」？

他們三人讓我想到把人類的智慧停留在十二歲，那時候的世界，會不會再沒有欺詐，再沒有醜惡的人性？

最近，我好像想通了一些有關「人性」的事情，不過，當你知道得愈多時，懂的就愈少。

會不會有一天，我會厭倦了最想理解的「人性」這件事？

如果是這樣，我的人生還有什麼意義？我應該自殺死去？

不是「我」，而是那個被我入侵的小郎，又會想過要自殺嗎？

此時，實驗室的大門打開，他走了進來。

這個白頭男人是我的其中一個手下，我連他的名字也不知道，正確來說，是我根本不想知道。

「阮生，不，我應該叫你……小郎，對？」白頭男人說：「他們已經聽了那個電話錄音。」

「啊？是嗎？」

我坐了起來，抬起頭看著他，的確，還是有點不習慣小孩的身體。

「下一場遊戲何時開始？」我問。

「很快了，黑蜜已經設計好新的遊戲，這次我們的客戶一定非常喜歡。」白頭男人說。

「嗯。」我說：「我還有更多的事要忙，其他事就交給你了。」

「當然沒問題，嘿嘿。」

「很好。」

我回頭看著實驗室，實驗室內放滿了實驗床，在床上躺著……

一百多個用作研究的小孩。

或者，這就是我最想要的未來。

我的*第零代實驗品**。

有些小孩其實沒被寵壞，只是天生殘忍得剛剛好。

*實驗品分成多代，第零代、第一代（完美體）、第二代（主體）、第二代（半完品）、第二代（失敗品）、第三代。實驗品都擁有邪惡基因（Evil Gene），而原生體擁有者是阮生，遺傳最純正邪惡基因的人是他的兒子阮柏臣，全都會在《人性遊戲》後續故事中出現。

而於《殺手世界》中出場的初代零號同樣擁有邪惡基因。另外，「螺旋」藥物就是後來「螺旋改」的前身，注射「螺旋改」會變成嗜慾男實驗品，出現於後來的《9個少女的宿舍》。

孤泣小說的世界觀非常大，有興趣可欣賞其他孤泣作品。

對決 BATTLE 2

兩星期後。

上環港澳碼頭直升機坪。

上回合勝出的 APPER 都收到通知，這晚來到直升機坪，他們的目的地是……澳門。

勝出數字信任遊戲的一共有十二人，其中梁岩和李安知已經決定退出。

見苦三人沒有退出，他們決定要找出最後的「真相」，而從敗者復活戰勝出的人，全部也繼續參加遊戲，工作人員組的烏賊和御手洗，也繼續遊戲。

初見苦、緣白蜜、源浪牧、山邪東、岳隨歡、梁爽居、趙平、何艷芬、烏賊與御手洗。

只餘下最後十人。

從三百多人開始，來到現在只餘下這十位 APPER，他們都有各自的原因繼續參加遊戲，最後是誰勝出，沒有人會知道。

他們像貴賓一樣坐直升機來到澳門，他們的目的地是「賭場」，但不是當時的澳門三大賭場葡京、回力與金域賭場，而是一處將要填海的……**地下賭場**。

澳門路氹填海區。

在未來的日子，這裡將會變成賭場度假村，只要有賭的地方，錢將會源源不絕。

見苦三人來到了等候室，房間內的電視顯示著最受歡迎 APPER 排行榜。

最受歡迎 APPER 排行榜：

第十位　趙平

第九位　何艷芬

第八位　烏賊

第七位　梁爽居

第六位　御手洗

第五位　岳隨歡

第四位　緣白蜜

第三位　源浪牧

第二位　山邪東

第一位　初見苦

排行榜沒什麼改變，只是見苦升上了第一位，超越了山邪東。無他，因為「黑化」了的見苦，也是那群有錢人最愛的「賭注」。

「苦，看來你愈壞愈受歡迎了。」浪牧笑說。

「不是男人愈壞女人愈愛嗎？」見苦也無奈地笑著。

「你們兩個真的沒有半點緊張感！」白蜜說。

「大阪城公園。」見苦看著一閃一閃的光管：「看來沒機會去了，嘿。」

「你可以跟我們去維也納斯班咖啡館喝咖啡。」浪牧說。

「我才不做你們的電燈膽。」見苦說。

「不，我們一起去維也納斯班咖啡館，再一起去大阪城公園也可以！」白蜜加入了話題。

「我都說我不會做你們的電……」

見苦還未說完，白蜜把他們兩個的手疊在一起。

「無論是什麼關係，我們都是最好的朋友，不是嗎？」白蜜說。

見苦沒有說話，只是看著她。

「無論之後如何，我們現在更重要的，是要贏出這個遊戲，揭開所有真相。」浪牧說：「我一定要找回浪悅。」

「就這樣決定吧。」見苦點點頭。

「好！我們要加油！」白蜜也鼓勵大家：「我也要好好跟黑蜜說清楚！」

「有一點我想你們知道。」見苦露出認真的眼神：「我絕對不會傷害你們。」

「當然，我也是。」浪牧說。

「我也不會！」白蜜也和應。

見苦最怕發生的事，就是在遊戲中讓他們互相傷害，不過，他已經決定了，寧願犧牲自己，也不會對付白蜜與浪牧。

就在此時，休息室的大門打開。

「各位 APPER 請移玉步來到賭場的大廳。」

羈絆絕對不是只為吃喝遊玩，而是在彼此崩潰時願意陪伴。

對決 BATTLE 3

路氹地下賭場。

賭場的設計由兩個大圓形組成，中央的「小圓」就是APPER身處的大廳，而「大圓」擺放著各種賭枱，百家樂、二十一點、輪盤、骰寶……應有盡有，百多二百個賭徒正在賭博。

小圓中設有單面鏡，能夠看到外面大圓的環境；外面大圓卻沒法看到內部的小圓，即是說，賭徒不知道APPER也正在進行「人性遊戲」。

不過，這只是「暫時」。

這個地下賭場跟正常的賭場有非常大的分別，因為這裡除了賭「錢」，還可以賭其他的東西，比如你可以用自己的眼珠、體內器官作賭注，甚至是你的整個人生，你可以用「自由」來作賭注，如果輸了，你會被賣到不同的地方成為奴隸，或是像白老鼠一樣的實驗品。

很符合這個地下賭場的宗旨……「每個人都有一個價」。

而且賭場還設定了限額，每天最多只可以有二百人參加賭博，藉此吸引那些心急要錢的人。「配額」可以讓人有一份「害怕錯失機會」的感覺，這叫錯失恐懼症（Fear of missing out），簡稱FOMO。

別要少看FOMO的力量，可以讓任何人墮入萬劫不復之地。

「賭注」，甚至是自己的人生，真的會有人來玩嗎？

有，而且還不少。

很多窮途末路的人都只想搏一搏，就如「人性遊戲」一樣，貪婪，令人參加這些可怕的遊戲。

十位 APPER 被帶到中央的「小圓」中，他們看著單面鏡外「大圓」的賭徒，每個人的臉上都顯露出最貪欲的表情，就如鏡子一樣，讓 APPER 想起了自己參加人性遊戲時的初衷。

「不要！不要！」

在百家樂的賭枱，傳來了男人的大叫。

「對不起，你已經輸掉了自己的腎臟。」荷官冷冷地說：「拿走腎後再來賭過吧。」

「不……我不想這樣！不要！」

幾個黑衣人把男人暴力地拉走，在場的其他賭徒只是冷眼看著那個男人，大家都覺得不關自己的事一樣，有些甚至在心中說：「抵死！」

外圍的騷亂沒有影響中央的 APPER，在前方地上升起了一個台。

緣黑蜜與幾個戴上日本天狗面具的工作人員已經站在台上，還有一個少女……

「浪悅！」浪牧大叫。

他已經很久沒見過自己親生的妹妹，浪牧想立即衝上台，見苦馬上捉住他！

「別過來！」浪悅說：「如果你不想被電死的話！」

在台前，隔著一層電網，被電到的人絕對只能躺著離開。

「我不明白，為什麼妳會在這裡？爸爸已經死了，公司也……」

「我當然知道，因為就是我洩露公司的機密啊！」浪悅表情帶點高興：「而且那個老頭死有餘辜，嘻嘻！」

「什麼？」

浪牧大概也知道是浪悅的所為，不過，現在從她口中得知真相更加的震撼，更加的不能相信。

「牧！冷靜！要冷靜！」白蜜從後擁抱著他。

「你們的家庭倫理劇我不想看！快開始遊戲吧！」最多口的岳隨歡說。

「新的遊戲將會以一對一的方式進行。」緣黑蜜還是沒有什麼語氣：「在遊戲開始前，我想給大家了解一些事情。」

單向的玻璃突然變成雙向，外圍的賭徒可以看到中央內部！

血緣，不只是愛更深的理由，更是代表最痛的傷口。

對決 BATTLE 4

「發生什麼事？」

「原來中間還有其他人！」

「他們是什麼人？」

在外部的賭徒看到中央的人，不知道發生了什麼事，二百人的場面一片混亂。

雖然內外可以互相看到，不過卻聽不到聲音。

「一直以來，你們內心都覺得，那些在看你們直播的有錢人都是禽獸都不如的人，對吧？」緣黑蜜開始說話：「現在，我就來讓你們知道，其實根本不是有沒有錢的關係，每個人，都像你們心中的禽獸一樣。」

在外圍的電視機上，出現了最受歡迎 APPER 排行榜，還有十人的簡單介紹，就如選秀會一樣，現在，外圍的賭徒可以投注勝出的 APPER。

「媽的，那個女的我喜歡！」

「不，那個老的風韻猶存，我更喜歡！」

「現在是選美嗎？當然看賠率！」

「那個排第二位的男人，一看就知性格奸險，賠率也很低！」

「第六位的用紗布包著面，看來好像很強！」

外圍從一片混亂變成了互相討論，就如賽馬看晨操一樣，大家都對 APPER 評頭品足。

緣黑蜜的確沒有說錯，不只是有錢人的專利，滿身債務的人，都是喜歡賭博，都一樣喜歡看著……別人受折磨。

「這些賭徒不會是有錢人，有些還欠了一身債，但他們跟你們所說的禽獸根本沒有分別。」緣黑蜜說：「這就是……真正的『人性』。」

「小子別再這麼多口水！快說下一場是什麼遊戲！」岳隨歡問。

大螢幕上出現了配對的畫面，當然，配對都是緣黑蜜的精心安排。

山邪東 VS 趙平

緣白蜜 VS 何艷芬

初見苦 VS 御手洗

岳隨歡 VS 烏賊

源浪牧 VS 梁爽居

緣黑蜜已經知道一切，山邪東對決趙老闆的兒子，御手洗的對手就是害死犬姬的見苦，而

白蜜與何艷芬兩個女的對決會很精彩，還有岳隨歡大戰烏賊，源浪牧對決梁爽居。

同一時間，中央大廳升起了五張華麗的桌子與十個座位，天狗面具人安排他們各自坐上屬於自己的位置。

「你們要小心。」見苦提醒他們。

這次是他們三人首次分開進行遊戲，現在浪牧因為見到妹妹狀態比較混亂，而白蜜方面，不知道對手何艷芬是一個怎樣的人，見苦的擔心是正常的。

「沒問題！」白蜜再次發揮她的作用：「你們兩個聽好，不用擔心我！你們都知道，我不是那些需要依靠別人的女生，我絕對不會輸！」

她深呼吸了一口大氣繼續說。

「見苦，那個御手洗一定會報仇，你別要太過鬆懈！另外浪牧，你妹妹的事先放在一邊，我們勝出遊戲後，就可以知道所有事情的真相，你們知道嗎？」

浪牧看著浪悅的方向，點點頭：「我明白，我會冷靜。」

白蜜伸出了手，他們兩個再次將手疊在她的手背上。

「別忘記，我們是最強的！」白蜜說。

其實，白蜜比他們更緊張，不過她不想讓他們擔心，要堅強去面對！

他們來到了安排好的桌子，就像一張小的圓形麻雀枱，浪牧打開了桌子的抽屜，放著一元、二元與五元三種硬幣，每種硬幣都有十二個。

他在盤算著什麼。

十位 APPER 各自坐到對決的人對面後，緣黑蜜開始介紹遊戲。

「這次的遊戲名稱叫……**估錢遊戲**。」

說出口的安慰或許不多，但陪著走過的路才最難得。

「估錢遊戲，顧名思義就是猜有多少錢，現在香港發行了七種硬幣，你們要使用其中三種，一元、兩元、五元，每一局各自把三個硬幣的任何組合握在掌中，然後估計兩個人『合共』加起來的金額是多少。梅花間竹，一人一次先手與後手說出答案，先手一方說出了某個金額後，後手不能重複相同金額。答中的一方可以得到對方手上的硬幣，對方的硬幣放在一旁，最後再計算贏得的金額。」

黑蜜開始解釋遊戲，大家也留心聽著。

「遊戲時間為十二回合，每一回合為五分鐘，雙方決定好答案後開估，不用等待整整五分鐘。不過，下一回合還是會在五分鐘後開始。每位 APPER 使用手上三種硬幣，我們進行十二個回合，每種硬幣十二個，別忘記，三種硬幣不能在同一個回合重複使用。比如在同一個回合內，只可以使用一元、兩元、五元各一個，而不能一元、一元、一元，又或是兩元、兩元這樣的組合。勝出的方法有兩種，第一種是贏出回合較多者為勝；如果二人贏出的回合數相同，贏得對手金額最高者為勝利者。」黑蜜身後出現了一個表格。

每人可以使用硬幣的組合金額：

1元	2元	5元	組合金額	使用硬幣
0	0	0	$0	無
1	0	0	$1	$1
0	1	0	$2	$2
1	1	0	$3	$1+ $2
0	0	1	$5	$5
1	0	1	$6	$1+ $5
0	1	1	$7	$2+ $5
1	1	1	$8	$1+ $2+ $5

「一元、兩元、五元一共有八種組合，當中不計算重複，重複的意思是一元加兩元，與兩元加一元都是三元，只計算一次，所以只有八個組合。」黑蜜說：「如何運用你手上的硬幣，就是勝出的關鍵，這是一場非常有趣的心理戰，你們玩下去就知道。」黑蜜露出了罕有的笑容：

「給你們一點提示，當某一方快要輸掉時，會有反勝的機會。」

「獎金呢？懲罰呢？」梁爽居問。

「這次你們沒有任何懲罰，只是不能再晉級下一回合。」黑蜜說：「勝出者可得到一百萬的獎金，還有那些在外面的賭徒買你們贏出的相同金額。」

他們看著另一個螢光幕，賭徒都開始投注，少的一兩千，多的十幾二十萬也有。

何來這麼多錢？

別忘記，這個地下賭場可以用身體任何位置，甚至是自己的人生作為籌碼。

這次的「特別節目」絕對是他們翻身的好機會。

「另外，剛才說沒有任何懲罰只是你們，被懲罰的會是那些賭徒。」黑蜜指著大玻璃外的賭徒：「即是說，很多人投注給你，如果你贏了當然很好；但如果輸了，這就代表你會……傷害更多人。」

「他們死關我屁事！」御手洗奸笑，看著他的對手見苦：「我只想為犬姬報仇！」

在場的人有不同的想法，有些人心中怕連累別人，有些卻覺得你死你事。

現在的情況是，愈多人投注自己愈好，因為勝出後可得到相同的投注額；不過，如果輸掉的話，投注自己的人將會被「懲罰」。

「懲罰是什麼？」白蜜問。

她的眼神很堅定，她知道無論如何也要贏，同時把自己的弟弟黑蜜帶回媽媽的身邊。

「遊戲結束後就知道，現在保持神秘。」黑蜜說：「現在，給你們拉票時間，你們可以向外面的賭徒介紹自己，說什麼也可以，但不能說出『人性遊戲』有關的內容。」

螢光幕第一個出現是趙平。

趙平看著攝影機有些不自然，他只看著邪東說出了一句：「我一定會打敗你！」

然後是梁爽居、岳隨歡，二人都知道愈多人支持自己就愈賺得多，他們都用上渾身解數叫人投注自己。

御手洗用主持人的口吻去推銷自己，還說絕對會贏出。

來到何艷芬，她立刻脫下了外套，露出豐滿的上圍，當然，吸引男人是她的強項。

烏賊沒多說話，只是介紹一下自己，然後是山邪東。

「你們這群貪錢的仆街，死到臨頭也不知道，嘰嘰嘰！」山邪東向著攝影機舉起中指：「全部給我去死吧，幹你娘！」

他一說完，外面的賭徒出現了騷動！甚至拍打著玻璃表達不滿！

而邪東根本不在乎他們的生死！

然後，攝影機來到了浪牧的面前。

有些人，不是不知道會輸，只是不信這次還會輸。

GAME 11

對決 BATTLE 6

浪牧站起來，他走到白蜜的身邊，然後……

吻在她的唇上！

突如其來的一吻，白蜜也顯得不自然。

「如果你們不想死，就投注給我們。」浪牧看著攝影機說。

「誰會投你？扮有型！」

「你條女好正，要不要跟我來一起玩！」

「去死吧，我才不會投你！」

充滿妒忌的說話出現在外圍，白蜜呆呆地看著浪牧，浪牧給她做了一個安靜的手勢。

然後攝影機對著白蜜。

「除衫除衫除衫除衫！」

「皮膚好像很滑，一定會很濕！」

「來跟哥哥來一炮吧！」

外圍的賭徒大叫，侮辱的說話非常過分，白蜜聽不到他們說什麼，不過從他們的樣子已經可以看得出來。

她會怕？才不會，在色情電話公司工作的她，有什麼沒聽過呢？

「你們這些賭徒……」白蜜深深呼吸，沒有露出任何驚慌的表情：「我才不想救你們！不過我的確會贏！」

浪牧沒想到白蜜會這樣說，苦笑著輕撫她的頭髮。

最後鏡頭來到了現在TOP 1人氣的見苦。

見苦露出了一個詭異的微笑：「別要投注給我，因為我想你們死，嘿！」

又是一輪大罵，見苦看著白蜜跟她苦笑了一下，然後再看著浪牧，浪牧跟他點點頭。

經過一輪「拉票」以後，總投注額已經來到了九百萬！當然，這些投注額對於那些背後的有錢人來說只不過是零頭，不過，他們的「零頭」，反而讓有錢人的投注額瘋狂飆升。

黑蜜的計劃非常有效，只要讓小投注額增加，那些大戶就會跟著投注，暗盤的投注額已經接近一億！

「大家已經拉票，現在『估錢遊戲』正式開始。」黑蜜說：「ENJOY THE GAME。」

「請你們拿出硬幣放在掌心。」每張枱都有一個戴上天狗面具的荷官：「然後，你們可以互相交換情報，時間為五分鐘。」

山邪東VS趙平：

「你剛才說要打敗我，你認識我嗎？」邪東把硬幣放到手掌中，握起拳頭。

「化了灰也認得你。」趙平也伸出了拳頭。

「哈哈，我真受歡迎！」邪東再看一看：「啊？等等，你好像一個人……」

「在我小時候我們已經見過面，當時你來我家拜年……」

趙平還未說完，邪東已經想到了：「你是趙老闆的兒子！當時他還說要送你到外國讀書！」

「終於想起來了。」趙平露出狠毒的眼神。

「嘰嘰嘰，看來這場遊戲，是你報仇的好機會！」

邪東奸笑了。

緣白蜜VS何艷芬：

「小妹妹，妳知道現實社會生活有多艱難嗎？」何艷芬說：「像妳這些皮光肉滑的女生，根本不會知道。」

「首先，我不是小妹妹，然後我想說，我可能比妳更清楚這個混亂的社會。」白蜜也不甘示弱：「至於皮光肉滑，也許我比妳懂得保養吧，老女人。」

「什麼老女人？！」何艷芬生氣：「妳也會變老！」

「我當然知道，不過，我變老之後才不會像妳一樣……妒忌年輕的女生。」

「妳……」

「別再說了，妳估我們一共有多少錢！」

白蜜的氣勢狠狠地壓著何艷芬！

青春教會我們的不是勝利，是如何在失敗裡站起來。

GAME 11 對決 BATTLE 7

初見苦VS御手洗：

「操你娘，我一定要替犬姬報仇！」御手洗大罵。

「你們有想過被販賣的未成年少女，會遭遇怎樣的人生？」見苦問。

「關我屁事！」御手洗拍枱：「也關你屁事！」

見苦想起那個親手拔喉的新疆小女孩。

「當然關我事，我要用我的方法去懲治像你一樣的禽獸。」見苦冷笑說：「犬姬已經死了，還差你，嘿！」

「幹你娘！贏了你後，我一定會親手殺了你！」

「好，就看看會是誰殺誰。」

御手洗把面上的紗布取下，被鏹水濺過毀容的臉非常噁心！

他想嚇見苦！

「嘰嘰嘰，怕了嗎？我們快來吧！」

岳隨歡VS烏賊：

「你是山邪東身邊的一條狗嗎？」岳隨歡已經把硬幣放入拳頭中。

烏賊沒有說話，只是看著表情狡猾的岳隨歡。

「我跟你無仇無怨，不如就讓我贏吧？」岳隨歡說。

烏賊繼續沉默。

「媽的，你是啞的嗎？」岳隨歡有些不耐煩：「說句話吧！」

「啊？難道你手中一個幣都沒有？」烏賊終於說話。

此時，岳隨歡臉上出現了一個「被估中」的表情。

「哈，看來贏你不是太困難呢。」烏賊說。

在拐帶集團中，烏賊是最懂觀察的人，他一早已經看中了邪東，知道他一定能夠闖出一番事業，之後一直也跟邪東合作。

看別人的眉頭眼額就是烏賊的強項！

「我要轉手中硬幣的數目！」岳隨歡向著天狗人說。

「對不起，剛才你已經確定了，不能轉換。」他說。

規則是當兩個人也確定了拿好硬幣的數目後，就不能更改。

現在，岳隨歡再笑不出來了！

源浪牧VS梁爽居：

「是誰先說出數目？」浪牧問荷官。

「由最初抽籤的次序決定，因為是源浪牧對梁爽居，所以是由你先說出數目。」荷官說。

終於有一組不互相對罵，也沒有虛張聲勢，真真正正在玩這場「心理戰」。

「十二個回合，每人先估六次，也很公平吧，嘿嘿。」梁爽居笑說。

別小看只是酒樓經理的梁爽居，他能夠成為最後十名的APPER，絕對不是簡單的貨色。

「這樣嗎？」浪牧看著遠處的妹妹。

「你可以集中一點嗎？」梁爽居說：「不然我很快看穿你的想法！」

浪牧回過神來，然後說：「我估一共是……」

……

……

．

台上的黑蜜與浪悅。

「先說的人好像會比較蝕底。」浪悅說：「因為會讓對手知道自己大概手握多少硬幣！」

她的確說得沒錯，比如你手上一個硬幣也沒有，你只可以說最多是「五」，同時，對方就知道你手上不會拿著太多的硬幣。

「這也是勝出與落敗的關鍵。」黑蜜看著自己的家姐。

「為什麼？」

「因為誰人也可以說謊。」黑蜜說：「亦可以利用說謊引導下回合的出幣數目。」

浪悅不明白他的意思，不過，這就是心理戰最好玩的地方。

這是黑蜜最引以自豪的遊戲設計。

謊言從來不必完美，只要對方願意相信。

GAME 11 對決 BATTLE 8

源浪牧 VS 梁爽居：

我不知道浪悅跟緣黑蜜是什麼關係，也不明白為什麼她要毀了整個源家，我們一直的關係也很好，為什麼……

「你發夠呆了嗎？」梁爽居大聲說：「說出來吧！幾多？」

我從思考中被他叫醒。

對！現在最重要是贏出遊戲，之後我一定要向浪悅好好問清楚。

計算絕對是我的強項，在公司我一直也是管數的，呼……浪牧，你要先冷靜想一想。

現在「每一個人」手上可以拿著的硬幣有「八個」可能性，零元、一元、兩元、三元、五元、六元、七元、八元，沒有四元，因為一元、二元、五元硬幣各只能出一個，就不能組成四元。

每個人最小金額是零元，最大是八元。

而兩個人呢？

兩個人總共最少數目，即大家手中都是空的，0+0，是0元。

兩個人總共最大數目，即大家手中都拿著一、二、五元，8+8，是16元。

現在是估「兩個人」手上的總金額，即是估「兩個人」有多少硬幣，有8×8即是64個可能性。但不計算重複，比如我出一元、他出兩元；和我出兩元、他出一元，都是「3」元，這就是重複。

如果不計算重複的話……

那個叫梁爽居的一直用說話騷擾我，不過，我腦海中已經開始計算各個可能性，就像出現了一幅「運算表」。

兩個人可以出現的組合金額與機會率……

運算表：

二人總金額	出現次數	機率
$0	1	1÷36≈2.78%
$1	1	1÷36≈2.78%
$2	2	2÷36≈5.56%
$3	2	2÷36≈5.56%
$4	2	2÷36≈5.56%

應該有……36個可能性。

$16	$15	$14	$13	$12	$11	$10	$9	$8	$7	$6	$5
1	1	2	2	2	2	3	3	4	3	3	2
1÷36≈2.78%	1÷36≈2.78%	2÷36≈5.56%	2÷36≈5.56%	2÷36≈5.56%	2÷36≈5.56%	3÷36≈8.33%	3÷36≈8.33%	4÷36≈11.11%	3÷36≈8.33%	3÷36≈8.33%	2÷36≈5.56%

如果沒計錯，最大機會率出現的組合是六、七、八、九、十元，應該有8%至10%左右的機會率，所以只要長時間估這幾個金額會有更大的勝算。

另外，三個硬幣可能砌出最少機會率的組合是零元、一元、十五、十六元，即是說，這些組合勝率偏低。

「八元」的出現率甚至是「零元」的四倍。

等等……

好像，不是這樣……

「你呆夠了沒？剛才你不是想說了嗎？」梁爽居指著桌上的倒數鐘：「還有一分鐘！」

「八。」我舉起了拳頭：「我估一共是……八元。」

「八」是最大勝算的數目。

我手中是一個五元和一元，即是說，我估他手上只是一個兩元硬幣。

「八嗎？」梁爽居想了一想：「那我估是五元。」

啊？看來他手上拿的硬幣真的不多，我有機會！

「我想問，拿出了硬幣就不能更改，那說出了的數目呢？」我要知道這一點。

「說出了也不能改，就等待結果。」天狗人說。

「很公平，不然後說的優勢就沒有了，哈！」梁爽居笑說。

看來這個梁爽居也不笨，已經知道「後手」的優勢。

啊？！等等……這樣說，如果是我是先贏一局，那不就是……**「很大機會贏出」**？

五分鐘時間過去。

「請打開你們的手掌。」天狗人說。

我打開，拿著一個五元和一元。

梁爽居的樣子像跌入了屎坑一樣，他打開了手掌，是一個兩元！

不錯！這場心理戰，由我先贏一局！

有時，不需要動手，只要讓對方開始懷疑，就已經是贏了。

對決 BATTLE 9

很快，第一回合已經結束。

就如賽馬一樣，大螢光幕出現了一個勝負積分表。

第一回合勝負積分表：

估錢遊戲：第一回合

回合	1	2	3	4	5	6	7	8	9	10	11	12	TOTAL	勝數
山邪東	$5												$5	1
趙平	敗												$0	0
緣白蜜	和												$0	0
何艷芬	和												$0	0

初見苦	和												$0	0
御手洗	和												$0	0
岳隨歡	敗												$0	0
烏賊	$0												$0	1
源浪牧	$2												$2	1
梁爽居	敗												$0	0

第一回合，山邪東估中了總數是八元，他拿走了趙平手上的五元；烏賊猜到岳隨歡手上一個硬幣也沒有，他勝出這一回合，但因為對方是零元，所以沒有得到任何硬幣；浪牧也勝了第一局，得到兩元。

而白蜜與見苦這兩組，沒有人估中總和，所以是打和。

黑蜜也沒想到，這麼快已經有人會勝出，他本來以為需要一些時間，大家才會想到對策。

買了勝利的人當然很高興，在外圍吶喊助威，還說自己非常有眼光。

很快，第二回合開始。

緣白蜜 VS 何艷芬：

上一回合，白蜜拿出了六元，而何艷芬拿出了五元，一共十一元。不過，白蜜估十五元，而何艷芬估十元，她們沒有人勝出。

沒錯，零、一、十五、十六元的出現率是最低的，白蜜選擇十五元，即是說白蜜還未知道當中的秘訣，只是亂猜。

第二回合，他們在抽屜中拿出硬幣放在掌心，由何艷芬先估。

何艷芬把手拿起：「我拿了很多啊！很重！」

她開始出「口術」，這也是有五分鐘時間討論的原因。

白蜜也拿出了硬幣，她才不會相信何艷芬的說話，不過只要何艷芬說出一個比較大的數目，就可以肯定她拿比較多的硬幣。

「好吧，這次我也估一共十元！」何艷芬說。

白蜜手上拿的是一元、二元與五元，總共八元，她估計何艷芬在說謊，她應該只拿一個硬幣。

「我估……」

等等，白蜜想說出答案時，她想到何艷芬也知道自己知道她在說謊，白蜜就會估何艷芬拿

「比較少」的硬幣……

其實才不是這樣！

何艷芬是想「誤導」白蜜，她可能拿著全部的硬幣！她說「很重」其實是真的！

「我估是……十六元！」白蜜說。

她估計何艷芬是拿著三個硬幣，一共八元，加上自己的八元，即是一共十六元！

她再次選擇了出現率最低的十六元。

「如果妳們雙方也決定了，可以立即決勝，不用等待五分鐘完結。」天狗人說：「當然，下一回合仍然會在五分鐘後開始。」

「決勝吧！」白蜜說。

何艷芬也點點頭。

她們一起打開了手掌……

緣白蜜呆了一樣看著兩個人手中的硬幣。

「緣白蜜是八元，而何艷芬是兩元，何艷芬估中勝出，可以沒收緣白蜜的八元。」天狗人宣佈結果。

「怎……怎會？」白蜜瞪大了眼睛。

「嘻嘻嘻！妳以為我用說謊來誤導妳？我才沒有！小妹妹，妳估計錯誤了！」何艷芬奸笑：「妳這樣下去，將會輸得很慘很慘！」

這遊戲除了是「計算」，心理也非常重要，現在白蜜已經被何艷芬的氣勢壓回來，她真的可以贏出這場遊戲嗎？

「沒問題的！白蜜妳要加油！」她在內心跟自己打氣。

同時，她看著其他人，浪牧已經贏出第一回合，見苦卻跟她一樣還未贏出，她看著見苦的方向。

她的表情相當的苦惱，也許，見苦同樣未想到贏出的方法！

表面讓一步很平靜，內心早已佈滿陷阱。

初見苦 VS 御手洗：

我單手托腮，另一隻手把一個一元硬幣拋起又接住、拋起又接住。

「怎樣了，三個硬幣而已，要想這樣久嗎？」御手洗眉頭微蹙說。

我沒理會他的說話，在想著如何才能贏出這場遊戲。我想浪牧也許想到了什麼方法，在第一回合已經勝出了，我也要想好對策，這絕對不是只依靠「運氣」的遊戲。

我看著硬幣，外型跟普通硬幣一樣，但在硬幣的其中一面印上了一個「苦」字，即是說，每個人都有屬於自己的十二個三種不同的硬幣。

為什麼要這樣？不印字也可以吧？我們根本就不可能把自己的硬幣當成贏回來的硬幣，因為每一局的結果都清清楚楚顯示在螢光幕之中，我們沒法抵賴。

啊？等等。

剛才浪牧吻白蜜時，我看到了⋯⋯

我明白了！希望白蜜明白浪牧的「做法」！

我看著白蜜的方向，她同時也看著我，表情相當失望，看來她已經輸掉了第二回。

「媽的！你呆夠了沒有？」御手洗問。

他的外表相當噁心，不過，我才不會避開跟他的視線，不能讓他覺得我在驚慌。

我才不會輸掉氣勢！

第一回合，是由我先說出數目，現在第二回合，是由他先說，這樣說……

啊？後手不是有優勢嗎？

正常來說，先手的答案不會「超越某一個範圍」，比如自己拿著一元，才不會估一共「十六」元，因為就算對方拿著全部的八元，都只有一共九元，一定是範圍之內。

這樣說，有方法知道對方拿著幾多個硬幣！

我把一元、兩元、五元三個硬幣放在桌上，然後……

「你沒想過……整容嗎？」我問。

「你想說什麼？」

在同一時間，我快速右手拿起了五元硬幣放掌心，左手把一元與兩元放回抽屜中。

「就是問你這噁心的賤種，比屎更噁心，為什麼不他媽的去整容？」

他沒有回答我，在他的臉上出現了奸險的笑容，他……**看到了！**

「很快你也要被我打到毀容，嘰嘰嘰！」他高興地說。

我們確定手中的硬幣後，天狗人說可以估總金額。

「真白癡！你以為你引開我注意嗎？你以為跟我說話，我就沒法看到嗎？」御手洗說：「我看到了！我估一共七元！」

御手洗以為我說話是引開他注意力，他應該是看到我右手拿著的是⋯⋯五元！

他知道我是五元，他估七元，即是說，他手上的是兩元！

這就是知道對方拿著幾多個硬幣的方法！

我瞪大了眼睛看著他。

「那我估是⋯⋯」我說：「八元。」

確定過後，天狗人叫我們可以打開手掌。

「下次別要耍小把戲！」御手洗用兩根手指指著自己的雙眼：「我絕對會看到的！」

他打開了手掌，是一個兩元！

我不斷搖頭，不敢相信。

「看來，要贏你真的太容易了。」他高興地大笑：「我一定要替犬姬報仇！」

我深深呼吸了一口氣，然後⋯⋯

「看來，要贏你真的太容易了，嘿嘿。」我學著他的說話：「還有，你可以不重複同一句報仇對白嗎？又不是在寫小說。」

「你在說什麼？！」

我沒有避開跟他的視線，除了不讓他覺得我驚慌，其實更重要是……

我要他「以為」看到我手上拿著幾多個硬幣！

我打開了手掌，是一個五元，還有……

一個一元！

一共八元！

「這回合初見苦勝出！」

你以為已經獲得勝利？你只是被算計與誘餌。

為什麼多了一元？

在他看到我右手拿起五元前，其實在更早的時間，我在掌中已經收起了最初拋起又接住的那個一元！

即是說，他看到了是我引開他注意時拿著的五元，而沒有發現我更早已經在掌心收藏了另一個一元！

我拿著的不是五元，而是六元！

御手洗的表情已經夠恐怖，現在更像掉入了馬桶一樣！

「你這個外表加上你這個表情簡直是一絕！」我自信地奸笑：「看來，你不只不能報仇，還會輸得很慘！」

如果是從前的我，在這個遊戲中絕對是劣勢，不過，我已經改變了，我會用任何方法去欺騙、去誤導對方！

用任何方法去打敗壞人！

……

……

遊戲繼續進行，在第二回合，山邪東再次勝出，見苦也勝出，白蜜落敗，其他兩組打和。

積分表出現在螢光幕上。

第二回合勝負積分表：

估錢遊戲：第二回合

回合	1	2	3	4	5	6	7	8	9	10	11	12	TOTAL	勝數
山邪東	$5	$3											**$8**	**2**
趙平	敗	敗											**$0**	**0**
緣白蜜	和	敗											**$0**	**0**
何艷芬	和	$8											**$8**	**1**

初見苦	和	$2											$2	1
御手洗	和	敗											$0	0
岳隨歡	敗	和											$0	0
烏賊	$0	和											$0	1
源浪牧	$2	和											$2	1
梁爽居	敗	和											$0	0

只是進行了兩個回合，不同的APPER也想出了不同的對策，就如見苦所說，這個根本就不是鬥「運氣」的遊戲，當中包括了戰術、心理、偽裝、說話等等技巧。

現在問題是，這心理遊戲的確很有趣，不過，對於那些看直播的人來說，一點都不足夠，因為跟之前的遊戲完全不同，沒有一點血腥。

黑蜜說過，參加的APPER沒有任何懲罰，這樣說，那些血腥的畫面就不會出現？

才不是。

他說沒有任何懲罰，不代表……

APPER 不會自己懲罰自己。

很快，遊戲已經完成了六個回合。

第六回合勝負積分表：

估錢遊戲：第六回合

回合	1	2	3	4	5	6	7	8	9	10	11	12	TOTAL	勝數
山邪東	$5	$3	$2	$1	$3	$3							$17	6
趙平	敗	敗	敗	敗	敗	敗							$0	0
緣白蜜	和	敗	和	和	敗	和							$0	0
何艷芬	和	$8	和	和	$1	和							$9	2
初見苦	和	$2	和	$1	和	和							$3	2

御手洗	和	敗	和	敗	和	和							$0	0
岳隨歡	敗	和	$3	和	和	和							$3	1
烏賊	$0	和	敗	和	和	和							$0	1
源浪牧	$2	和	和	和	和	和							$2	1
梁爽居	敗	和	和	和	和	和							$0	0

岳隨歡 VS 烏賊，每人贏了一局。

源浪牧 VS 梁爽居，浪牧勝出一局後，就不斷的打和。

緣白蜜 VS 何艷芬，何艷芬贏了兩局，白蜜輸了兩局。

初見苦 VS 御手洗，見苦同樣的贏了兩局，御手洗輸了兩局。

從第三回合開始，更少人勝出，因為大家已經知道遊戲的玩法，每個人都非常小心謹慎出幣與估幣。

唯獨山邪東 VS 趙平一組，山邪東竟然……**連贏了六個回合！**

十二局七勝制，只要再贏一局，他就會贏出整個遊戲！

……

「山邪東也太強了，就像有讀心術一樣！」浪悅看著山邪東的方向。

內圍小圓的台上。

「才不是讀心術。」黑蜜說。

「那是什麼？」浪悅問。

黑蜜用電腦模擬一千場輪流先後猜的估錢遊戲，先手勝出次數是87次，後手勝出是109次，後手時猜中的次數略高於先手，「後手優勢現象」出現。

不過，在一千場遊戲中，只有109+87，一共196個回合有人會估中，而估錯的比率超過80%，證明根本不太可能像山邪東一樣，出現連贏六個回合的情況。

「十二回合，大約只有2.4次可以估中答案，而且愈來到遊戲後面的回合，就愈難猜中，因為大家已經學習了如何隱藏自己與欺騙對手。」黑蜜說。

就如我們身處的社會一樣，我們已經習慣了爾虞我詐、明爭暗鬥、各懷鬼胎、勾心鬥角等等，我們愈來愈懂得互相計算，用權謀與計策去勝過別人，無論是職場，還是愛情都一樣。

「如果不是讀心術是什麼?」浪悅問。

「還用問嗎?當然是……」黑蜜看著山邪東:「**出千**。」

「怎可能?這麼多人看著他怎可能出千?」浪悅完全不相信。

黑蜜沒有回答她,他只想到山邪東在未成為拐帶集團一員時,經常四處偷呃拐騙,就如過街老鼠一樣。也許,他就在當時學會了出千的技巧。

山邪東像大爺一樣大字型坐著,跟低下頭的趙平形成了強烈的對比。

只差一局,趙平將會輸掉整場遊戲!

此時,黑蜜站了起來,走到台前。

「是時候了。」黑蜜說:「**開始新的規則**。」

真正的騙子不是在說謊,只是從不說全部的真相。

「小圓」出現了消防車的警報聲，紅色燈一閃一閃。

「沒想到這麼快要進入『特別環節』。」黑蜜做了一個手勢，燈光回復正常：「因為有APPER已經跌入了瀕臨落敗的情況，現在追加新規則，讓遊戲變得更加精彩。」

螢光幕出現了趙平的相片，因為他已經連輸了六個回合，成為了追加新規則的第一人。

「因為趙平再輸一回合就會落敗，所以給你一個翻身的機會，**用你的生命，換取勝利**。」

黑蜜說完指著螢光幕。

螢光幕中，出現了APPER正坐著的椅子。

「這不是強制性，你們可以選擇。在椅子下方有一把圓形電鋸，如果接受新的規則，電鋸會發動。新的規則是，如果贏出當回合，可以直接當成贏出兩個回合，就是雙倍回合。」黑蜜說：「不過，如果最後輸掉，接受新規則的APPER，將會被電鋸……直接當場鋸開。」

廣播傳到外圍，黑蜜話一說完，外圍的賭徒傳來哄動，有些人甚至不相信是真的，還在說是不是在演戲。

當然，內圍的APPER知道絕對是真的，因為這就是……「**人性遊戲**」。

「媽的。」山邪東第一個提出：「我明明很有優勢，現在卻給對手機會，不是很不公平？」

一個「出千」的人口中說不公平，非常的諷刺，不過，邪東為了自己的勝利而提出質疑，也是無可厚非。

「如果你覺得不公平，也可以用生命換勝利，而且我在提示中已經有說明。」黑蜜說：「我說過了這是自願性的，記著，這不是懲罰，是……由你們決定。」

黑蜜在別人來到絕境時給他最後希望，根本就在……玩弄人性。

「你不會接受吧？」邪東看著趙平：「世姪，冤冤相報何時了，而且也不是我親手殺死你爸，是那個被斬去雙腳的男生！」

趙平全身也在顫抖，他低下了頭，非常憤怒！

不可能的！山邪東不可以連贏他六個回合，他一定在出千！可惜，六個回合趙平也沒看出邪東的「手法」。

六個回合中，邪東就像已經知道對手手中拿著多少個硬幣，這根本不可能，唯一的解釋，就是當他知道答案後「換幣」。

但問題是，趙平聚精會神地看邪東的動作，也沒發現他出千，根本就跟正常一樣，究竟……邪東是怎樣做到的？

「姓趙的，我還是勸你放棄……」

「我接受新規則！」

趙平說完後，全場嘩然，賭徒也不相信他會這樣堅決，還揶揄他貪錢，卻不知道邪東就是趙平的殺父仇人！

廣播器出現了中場投注的選項，賭徒當然要……加注！

「趙平，別要中計！」見苦大叫：「他們只是利用你來賺更多的錢！」

「無論我爸做幾多作奸犯科的事也好，世界上對我最好的人就是他！」趙平緊握拳頭：「我一定要打敗眼前這個殺父仇人！」

椅子已經把趙平鎖死，椅下的電鋸開始升起開動，發出了刺耳的聲音！

不用幻想也知道，如果他輸掉會是怎樣的畫面……

一分為二！

「我已經阻止過你了，是你自己找死！」邪東充滿自信地說：「別怨我，開始吧！」

人性裡最深的黑，不是想毀滅世界，而是只想毀掉一人。

第七回合。

為父報仇真的這麼重要嗎？

我看著眼前這個孝子，真的他媽的討厭！

這一回合，這個叫趙平的人將會被分屍！趙老闆啊趙老闆，你冤有頭債有主，是他自己想死，不關我事！

其實，我為什麼這麼有信心？而且連贏了六局？

當然是出術吧，嘿，我在江湖打滾多時，怎也學到一兩門「手藝」。

人類自發性眨眼時，平均需時約二百五十毫秒，就是四分一秒，只要手速能做到在他眨眼之時出手，他根本就看不到！而且每個人不自覺眨眼的頻率與相隔時間都差不多，很有規律，只要我在對的時間出手就可以。

還有，因為太快，其他遠離的人，甚至是天花板的鏡頭，也根本不可能看到。

而且最重要是，我已經連續出手六個回合，那個小子黑蜜沒有阻止，不就是很明顯代表出千是「合法」？只要對手沒發現，我可以繼續出術！

我出手的方法很簡單，比如我估的總數是八元，當趙平打開手是拿著三元，而我手中只有一個兩元，共五元，我沒有估中。不過，我就會從衣袖把一個五元換了手中的兩元，這不就是一共「八元」了嗎？

硬幣體積細，比換啤牌更容易，我可以他媽的跟你說，我可以做到100%不會出錯！問題是那個荷官，能夠看到我出手的人，就只有趙平與他。

嘰嘰，但別忘記，我也曾是這遊戲的主持人，雖然我不知道今天要玩什麼遊戲，但我知道是由誰來做荷官！

那個帶著天狗面具的人，我……**早已經收買了！**

他是我的「第二重保險」！當他看到趙平拿幣的數目時，甚至會給我手勢暗示數目！而且他每次也無意之間叫趙平先打開手掌，讓我知道他拿著多少硬幣，我就可以進行「換幣」。

那個只為了報仇的白癡，根本就不會發現問題！

對不起了，是你要自殺，完全跟我無關！

此時，黑蜜宣佈第七回合開始，同時……

「為了公平起見，我們會把荷官換走。」

媽的！我看著台上的黑蜜，他……他也正在看著我！很明顯，他已經知道我出千的方法！

不怕……一點也不怕，就算自己人被換走，只要我之後每局也打和，我也有很大機會勝出，因為我已經贏了六個回合，出不出千也沒所謂吧？

換來了一個新的天狗人，他示意開始拿硬幣。

這次拿多少個好呢？第七局才是我正式開始「公平」玩遊戲的一局。

五元，就一個五元好了。

「我決定了。」

同時，趙平也已經伸出了手。

「好，現在由山邪東先估一共多少錢。」天狗人說。

他這一局關乎生死，不會拿太多的幣，就如荔園的木馬遊戲一樣，愈接近死亡，愈不會按下前進的掣。

「六元。」我說。

「另外趙平你估多少？」天狗人問。

奇怪地，趙平出現了從來沒出現過的笑容，他說：「十三元！」

我估六元，他卻估十三元？！

很奇怪！他不是會估我「大約」的範圍嗎？為什麼會估這樣多？

「請你們打開手掌。」

趙平已經習慣了先打開，他拿著的是……全部三個硬幣，一共八元！

我皺起眉頭，我手上是五元，即是說他估中了！

等等……我還可以出千……不，不是，那個天狗人與趙平也死盯著我，我根本不可能預測他們同時眨眼！

「山邪東，請你打開手掌。」天狗人再次說。

「媽的，就先讓你贏一局吧！」我虛張聲勢：「不然你這樣就死去，你們兩父子一定會做鬼來找我！」

我打開手掌，是五元。

「一共是十三元，這一局由趙平勝出！」

……

……

.

從這一局開始……

山邪東自己也不知道，已墮入了萬劫不復之地！

每當墮入深淵太久，才知原來沒有盡頭。

GAME 11

對決 BATTLE 14

第七回合完結，趙平挽回一局，而且是雙倍的回合。

御手洗也贏了這一局，而其他人打和。

不知道見苦是否被趙平影響了心情，他終於輸了第一局，而趙平當成了兩局的勝利。

不只是第七回合，在之後的第八回合……邪東對趙平的結果，再重複出現。

趙平再次估中了硬幣的數目，因為是雙倍回合的關係，現在他已經追到六局對四局的局面！

這兩回合，趙平好像「非常肯定」山邪東會拿著幾多個硬幣一樣！

一切，也是由他接受「新規則」開始。

這個情況，其他人也看到，包括了……御手洗。

第八回合勝負積分表：

估錢遊戲：第八回合

梁爽居	源浪牧	烏賊	岳隨歡	御手洗	初見苦	何艷芬	緣白蜜	趙平	山邪東	回合
敗	$2	$0	敗	和	和	和	和	敗	$5	1
和	和	和	和	敗	$2	$8	敗	敗	$3	2
和	和	敗	$3	和	和	和	和	敗	$2	3
和	和	和	和	敗	$1	和	和	敗	$1	4
和	和	和	和	和	和	$1	敗	敗	$3	5
和	和	和	和	和	和	和	和	敗	$3	6
和	和	和	和	$3	敗	和	和	$5	敗	7
和	和	和	和	和	和	和	和	$3	敗	8
										9
										10
										11
										12
$0	$2	$0	$3	$3	$3	$9	$0	$8	$17	TOTAL
0	1	1	1	1	2	2	0	4	6	勝數

第九回合。

初見苦VS御手洗：

「我要申請加入新規則！」御手洗大叫。

全場也被他嚇到，御手洗為了贏，願意用生命來換取勝利！

對於某些人來說，「復仇」這兩個字，比生命更重要！御手洗被鎖死在椅子上，下方的電鋸升起，傳來了吵耳的噪音！

「來吧來吧！我一定可以打敗你！」御手洗說。

第九回合開始，見苦與御手洗再次拿出了硬幣放在掌心，就在此時……

在抽屜上方，一個隱藏的電子顯示屏，顯示了一句文字……

「對方拿著一元與兩元。」

御手洗控制不了，突然就笑了出來，口水噴到桌面上，令人看到也作嘔。

原來接受以生命換取勝利的新規則之後，就會出現……**對方拿著幾多個硬幣的提示！**怪不得趙平在之後的兩個回合會估到總數！

「六元！」見苦沒等他笑完，已經說出自己的答案。

御手洗搖搖頭說：「啊？真沒你辦法，你估了我想估的數目，那我就估……八元！」

他根本是在做戲！他手上拿著五元，加上見苦的三元，一共是八元！

御手洗已經知道答案！

他們打開了手掌，的確，一共是……八元！

「這一局由御手洗勝出！」天狗面具人說。

「怎會……」見苦不敢相信，同時看著山邪東那邊。

「趙平估中是十元勝出！」荷官天狗人宣佈。

趙平連續第三回合估中！已經追平邪東的局數！

「你……知道我拿幾多個硬幣？」見苦認真地問御手洗。

「你是白癡嗎？我又怎會知道？」御手洗囂張地說：「是我好運而已！哈哈哈！」

見苦看著遠處的浪牧，他在跟見苦搖搖頭，就像說有什麼不妥似的。

不只是他們，其他人也發現當接受「新規則」之後，趙平與御手洗都不斷贏出，當中一定有什麼蹺蹊！

「我要加入『新規定』！」岳隨歡舉起了手。

「我也要！」梁爽居同樣提出要求。

本來不用接受懲罰的 APPER，竟然自願用生命去賭博！

沒錯，這全都是黑蜜準備的「劇本」。

我們人類的大腦，有一種絕處逢生的「本能」，總叫人勇敢去面對困境，當然，九成以上都會死得更慘，不過，我們還是會跟自己說：「死就死吧！」

愚蠢的人類想法，現在卻成為了必勝的方法！

第十回合開始。

已經有四個人使用「新規則」，大家用什麼心理戰已經沒有用，因為用上生命賭博的APPER，已經是……**必勝！**

是因為他們用生命作為賭注？

是因為他們敢於面對難關？

是因為他們得到上天的眷顧？

不，全都不是，都只因一個人……緣黑蜜！

全都是他的計劃，讓賭上生命的人必勝！

而且黑蜜已經知道，最後……才是遊戲最刺激的部分！

投注額最高的時候！

因為，之後的回合將會……**全部 APPER 都會以生命作賭注！**

不是每次幸運都靠努力，有時只是上天剛好眷顧。

GAME 11

對決 BATTLE 15

第十回合很快已經有結果。

接受了「新規則」的 APPER 全都勝出。

而白蜜也幸運地終於在第十回合估中了第一次。

第十回合勝負積分表：

估錢遊戲：第十回合

回合	1	2	3	4	5	6	7	8	9	10	11	12	TOTAL	勝數
山邪東	$5	$3	$2	$1	$3	$3	敗	敗	敗	敗			$17	6
趙平	敗	敗	敗	敗	敗	敗	$5	$3	$3	$1			$12	8
緣白蜜	和	敗	和	和	敗	和	和	和	和	$3			$3	1
何艷芬	和	$8	和	和	$1	和	和	和	和	敗			$9	2

初見苦	和	$2	和	$1	和	和	敗	和	敗	敗			$3	2
御手洗	和	敗	和	敗	和	和	$3	和	$3	$2			$8	5
岳隨歡	敗	和	$3	和	和	和	和	和	和	$2			$5	3
烏賊	$0	和	敗	和	和	和	和	和	和	敗			$0	1
源浪牧	$2	和	和	和	和	和	和	和	和	敗			$2	1
梁爽居	敗	和	和	和	和	和	和	和	和	$1			$1	2

第十回合結束後，只餘下最後兩個回合。

趙平、御手洗、岳隨歡、梁爽居，四把電鋸的聲音此起彼落，鋸齒嘶吼的聲音，就如交織成嗜血的交響樂！

現在的遊戲情況。

山邪東VS趙平，因為雙倍，趙平已經贏了八個回合，只要趙平再贏一回合就可以真正的「反勝」。

初見苦VS御手洗，同樣的情況，御手洗連續兩局雙倍，贏了五局，見苦已經不能再輸。

緣白蜜VS何艷芬，在第十回合，白蜜終於估中了一次，不過她還是落後，因為何艷芬估中了兩局。

岳隨歡VS烏賊，在第十回合，岳隨歡追加「新規則」，如果烏賊再輸一回合，他也沒法勝出。

源浪牧VS梁爽居，同樣的，梁爽居也追加「新規則」，浪牧也是不能再輸，如果梁爽居勝出，就等於勝出四局，浪牧也沒法追上。

現在的情況，對見苦、浪牧、邪東，還有烏賊非常不利，如果這樣下去，他們必輸無疑！

而用生命換取勝利的人會全部勝出！

最重要是，沒有接受「新規則」的人，根本就不知道追加「新規則」後，抽屜下方就會出現對手手上拿著幾多個硬幣的提示！

就在此時……

「我要追加『新規則』！」

在最後兩回合，山邪東終於決定！

其他人呢？

烏賊看著邪東搖搖頭。

「不了，我才不想死！」烏賊說：「輸了也沒有懲罰，何必呢？邪東，你再想清楚！」

「不，我已經決定。」山邪東表現出一種病態的執著。

剛才不是他說趙平太過衝動嗎？現在卻是他用生命換勝利，沒錯，每個人都有一個「臨界點」，明明已經穩操勝券的山邪東，現在反過來就會輸得一敗塗地，他……

沒法接受這個結果。

「我也加入。」浪牧說。

「浪牧……」白蜜非常擔心：「不要……」

「我也是！」見苦一直看著御手洗腐爛的臉孔：「我不相信你說的什麼狗屁運氣，就看看你是如何估中的！」

再多三把電鋸從椅下升起，發出的聲音不再是交響樂，而是他媽的重金屬音樂像惡魔般的噪音！

在場的 APPER 全部已經接近瘋狂，為了勝利不惜犧牲自己！

這一點也是黑蜜意料中事。

「真的是白癡！正白癡！」梁爽居大笑：「已經太遲了！」

太遲？是什麼意思？

此時，浪牧發現了抽屜下方顯示了……「將會出現對方拿幣的數目」。

他……終於明白了！

梁爽居所說的「太遲」，就是當大家都知道對方拿多少個硬幣，只要先說的一方就**必定會勝出**，因為後說的一方不能重複所說的數目！

現在，只餘下兩個回合，即是每人會各贏一次，這樣說……浪牧他們沒辦法反勝！

不只是浪牧想到，邪東與見苦也想到這個問題！

在前十個回合他們沒有追加「新規則」，現在才接受已經太遲！

「喂，我決定放棄『新規則』！」邪東第一個表態。

因為他知道不可能贏出，不改規則，就算最後輸了，至少也留著一條命。

天狗人看了一看黑蜜的方向說：「對不起，接受了規則不能改回來。」

「媽的……」邪東緊緊拿著硬幣：「你是想我死嗎？」

「不是我，是你的對手。」天狗人指著趟平。

在外圍的賭徒已經進入了亢奮狀態，他們不知道「新規則」就是得到提示，只知道將會有人被分屍死去！

看著別人仆街最開心。

也許，黑蜜就是要讓見苦他們知道，不只是有錢人，窮人也有著這種……

最醜惡的人性。

冷眼旁觀比犯罪更邪惡，包括，在看故事的人。

對決 BATTLE 16

第十一回合。

源浪牧 VS 梁爽居⋯

我⋯⋯完全計錯了⋯⋯是因為浪悅的影響？

最初，我以為計算兩個人的總金額，就是十七個情況在三十六個可能性之中的機會率，大錯特錯。

因為**我知道自己會出幾多幣**，簡單說就是要估對方出幾多個幣而已！所以機會率就會大大提升，變回了最初的八分之一！

猜中的平均機率也會變成1÷8(12.5%)，而不是原本的1÷36(2.78%)！

高出了四倍半！

最初，我想到的「勝利方法」，就是先贏一局，然後其他局數也可以「和」，不贏也可以，因為我覺得只有三十六分之一的機會，一直「和」沒有問題。

勝出的條件就是「先看局數，後看贏得的硬幣金額」，即是說，只要贏一局也算是贏。

我的策略是，當我「先說出」一共有多少元時，我明明手上只握著一元，但我卻說答案是十五元，讓對方也以為我拿著更多的硬幣，然後也會估「大數目」，這樣梁爽居就會被我誤導，機會率就會連 3% 也沒有。

幸運地前九局，就算機會率是 12.5% 也好，不是我當初想的 2.78%，我的計劃一直順利。但因為上一回合梁爽居加入了「新規則」，反贏了我一局，完全破壞了我的計劃！

更糟糕的是，我完全沒想到，用生命換勝利的方法，**竟然是直接給出答案！**

現在兩個人都知道對方手上的硬幣，只餘下兩個回合，一人贏一個回合，最後也是我輸掉整場遊戲！

太遲了……梁爽居說的沒錯，真的太遲了……

等等……

還有一個問題……

……

……

.

初見苦 VS 御手洗：

對！還有一個很重要的問題！

我看著沾沾自喜的御手洗，他已經知道自己必勝！

問題是……「**他們是如何知道我拿著幾多個硬幣**」？

每個硬幣的單面都寫著我們的名字，就是用在這個時候嗎？

我看著浪牧，也許比我聰明的他，也同樣想到我的問題。

接著第十一回合是我「先手」，即是說我一定知道一共有幾多個硬幣，第十一回合我會贏。

我先想想整個過程。

我低頭看著椅子下方瘋狂轉動的電鋸，我的汗水不斷流下，如果我跟浪牧也沒法破解這個「新規則」，我們會在白蜜面前一起被劏開兩半！

此時，浪牧看著我，神情凝重地跟我點了點頭。

我也點頭，互相鼓勵。

一定要找出遊戲的「破綻」！

……

…

·

山邪東VS趙平…

媽的！媽的！媽的！媽的！媽的！

山邪東你太衝動了！

為什麼我要轉「新規則」？為什麼我要用自己條命來玩這個遊戲？趙平要贏就讓他贏我吧，至少我不會死去，我為什麼要不服氣？要想著反勝他？！

我用力打了自己一把掌。

「看著你驚慌又緊張的表情，我真的好開心！」趙平對著我笑說：「很快我就可以看著你在我面前分成兩半死去！」

我嘗試甩開鎖著我的椅子，卻沒法做到，那把他媽的電鋸像有生命一樣瘋狂地發出咆哮！

邪東，你還未輸，還未！還未！還未！還未！還未！還未！

一定有什麼方法的，那個仆街黑蜜想出來的遊戲，不可能就這樣結束！

我一定要想到「反敗為勝」的方法！不然……

我將會死在這裡！

為何會有後悔的出現？只因知道不可能改變。

GAME 11

對決 BATTLE 17

第十一回合開始。

因為烏賊表明不會轉「新規則」，所以岳隨歡已經必勝；而白蜜與何艷芬也沒有轉「新規則」，就算誰輸掉也不會死去，現在只餘下……三組人。

所有人也全神貫注地看著這三組人。

因為他們每組都將會有一個人，被殘酷地分屍！

初見苦VS御手洗：

見苦拿起了一個兩元，他看著御手洗也舉起了手，代表了他已經決定了硬幣的數目。

此時，見苦看到顯示著「對方拿著五元」。

加上見苦的兩元，一共是七元。

他觀察到御手洗看著顯示屏，見苦立即叫停：「等等！」

「有什麼問題？」天狗人問。

「我還未決定好。」見苦說。

「賤人，你真的麻煩！」御手洗說：「無論你出多少個硬幣，我都很清楚，你還在拖延時間？」

不，見苦不是在拖延時間，他是在「測試」。

此時，見苦偷偷地再拿起了一元放入掌心，因為他是在抽屜內拿出的，他用手掌遮蓋著，攝影機絕對沒有拍到他拿了多少。

現在，他一共拿著一個兩元、一個一元，一共三元。

「哈哈！操你娘，你多拿也沒用！全都顯示出來了！」御手洗高興地說：「別要作無謂的掙扎！」

原來如此……

見苦嘴巴微微張開，覺得驚訝，他知道不是被拍到拿了多少個硬幣，而是……「**感應**」！

每個硬幣都寫著APPER名字的原因，就是需要知道硬幣是屬於誰，只要被握著手裡，就會被感應出來！

同一時間……

源浪牧VS梁爽居：

浪牧也做了大約的測試，他看著抽屜內，寫着「牧」字的硬幣，他的眼神淡然，嘴角有點笑意。

「你笑什麼？是不是想好了身後事？嘰嘰！」梁爽居奸笑。

「下一回合……」浪牧大聲地說：「頸鏈！」

全場人也聽到他大叫。

梁爽居瘋狂大笑，他以為浪牧已經瘋了！什麼頸鏈？他不是瘋了，就是害怕到語無倫次！

不過，在場有「**一個人**」知道浪牧在說什麼。

第十一回合毫無懸念，當大家都知對方拿著幾多個硬幣時，「先手」的人就一定可以贏出，因為「後手」不能重複相同數目。

第十一回合勝負積分表：

估錢遊戲：第十一回合

回合	1	2	3	4	5	6	7	8	9	10	11	12	TOTAL	勝數
山邪東	$5	$3	$2	$1	$3	$3	敗	敗	敗	敗	$3		$20	8
趙平	敗	敗	敗	敗	敗	敗	$5	$3	$3	$1	敗		$12	8

緣白蜜	和	敗	和	和	敗	和	和	和	和	$3	$7		$10	2
何艷芬	和	$8	和	和	$1	和	和	和	和	敗	敗		$9	2
初見苦	和	$2	和	$1	和	和	敗	和	敗	敗	$3		$6	4
御手洗	和	敗	和	敗	和	和	$3	和	$3	$2	敗		$8	5
岳隨歡	敗	和	$3	和	和	和	和	和	和	$2	$1		$6	5
烏賊	$0	和	敗	和	和	和	和	和	和	敗	敗		$0	1
源浪牧	$2	和	和	和	和	和	和	和	和	敗	$2		$4	3
梁爽居	敗	和	和	和	和	和	和	和	和	$1	敗		$1	2

追加「新規則」的「先手」一方，都贏出第十一回合，更幸運的，白蜜也追成了平手，她沒有用什麼詭計，真的只是依靠好運而已。

但她沒想到，這個「幸運的自己」，卻讓別人墮入萬劫不復之地！

讓何艷芬墮入萬劫不復之地！

因為他們勝出局數相同，而白蜜的金額數目比何艷芬多出一元，即是說，勝數打和，還是由白蜜領先。

何艷芬後悔自己為什麼要在第十一回合出七元！她後悔沒有像其他人一樣，一早接受「新規則」！她後悔沒想到白蜜會這麼幸運！

「我要追加『新規則』！」何艷芬大叫。

「不要！」白蜜立即阻止她。

「嘻！妳怕輸了嗎？」何艷芬露出一個惡毒的眼神。

「不！不是這意思，而是妳或者……或者已經不能贏我！」白蜜非常認真：「別要送死！不改規則只是輸掉，不會連命也沒有！」

「妳是不是要『改規則』？」天狗人向何艷芬確定。

何艷芬呆呆看著白蜜，白蜜的表情非常真誠，她的確是為了自己著想……

為了一個想打敗自己的對手而著想。

何艷芬想通了嗎？

才不會。

她想了一想，然後她說……

「我、要、追、加、新、規、則！」

後悔像把毒藥放入口，吞下永遠也無藥可救。

對決 BATTLE 18

第十二回合，最後一局。

「我真不明白，還要玩什麼？」岳隨歡沾沾自喜：「不是已經分出勝負了嗎？」

他是唯一已經勝出的人，態度非常囂張。

已經輸掉的烏賊翹著雙手點頭：「的確，我也不明白。」

「烏賊，你才是這裡最明智的人，哈哈！」岳隨歡笑說：「他們每個人都有愚蠢的執著，看了也覺得煩厭！」

岳隨歡已經贏出當然會這樣說，如果還在生死戰的他，絕對不會這麼輕鬆。

人類都喜歡用教導的口吻去討論別人的事，其實，身在其中就不會像他說得這麼輕鬆。

用「旁觀者清」去看一件事，反而非常的討厭。

初見苦 VS 御手洗：

「我不想死……不想死……」見苦低下頭自言自語。

「哈哈哈！現在才說不想死？你的氣勢去了哪裡？」御手洗得意忘形：「犬姬，妳在天上看到嗎？殺死你的人就是這個德性！」

見苦已經把硬幣握在掌心，御手洗也一樣，很快已經拿著硬幣。

御手洗看到顯示板出現……「對方拿著一元與兩元」。

見苦也看到……「對方拿著一元」。

一共是四元。

「我估四元！」御手洗快速說：「不要浪費時間了，我很想看你被分屍！」

「我估是……兩元。」見苦木無表情地說。

「你們都決定了嗎？」

雙方也確定。

此時，見苦的表情改變，甚至說話的態度也改變！

「你是……一直喜歡著犬姬嗎？」見苦突然問。

「什麼？死到臨頭還要問多餘的問題？！」

「我知道你是喜歡她，誰也不會為了一個不愛的人犧牲自己。」見苦沉靜地說：「我明白你的感受，真的，我明白為了一個人而死的感受，我……**明白你愛她的感受**。」

在見苦的腦海中，出現了白蜜的樣子，他願意退出，讓白蜜擁有一個比自己更好的人。

他願意為白蜜的幸福，作出犧牲。

見苦的表情很誠懇，有一秒鐘御手洗被他感動到，見苦的確說得沒錯，他喜歡犬姬，一直以來他們都是最佳的拍檔，關係甚至超越情侶，只因他們不介意對方的外表，完全不介意。

可惜，犬姬已經死去，他沒法跟她繼續做壞事。

數秒後，御手洗又回復真正的自己。

「別說廢話了，下地獄吧！」他看著天狗人：「快結束這無聊的遊戲！」

「先等一會，最後一回合，等五組人完成才一次過宣佈結果。」他說。

「嘿嘿，也好，就給你這狗種最後幾分鐘時間！」御手洗看著見苦。

「等等，或者你誤會了我的意思。」見苦說：「我是說……既然你們這麼相愛……**我會送你去見她！**」

剛才像懦夫一樣說「不想死、不想死」，害怕自己死去的見苦，突然變得充滿了自信，用充滿邪惡的眼神看著御手洗！

或者，能為某人犧牲，就叫不枉此生。

GAME 11 對決 BATTLE 19

源浪牧 VS 梁爽居：

兩人已經伸出了手，確定了大家拿著硬幣。

梁爽居看到顯示板出現……「對方拿著一元」。

源浪牧看到……「對方拿著兩元」。

一共三元。

「三元！」梁爽居完全不用想，說出答案。

「兩元。」浪牧接著說。

天狗人再次確定兩人的數目，他們都點頭示意沒問題。

「死前有什麼想說的？我試試幫你完成，嘰嘰。」梁爽居高興地說：「要不要我代你照顧你的女友？她的身材真好，又白又滑，我可以。」

浪牧沒有說話，他只看著白蜜的方向。

「好吧好吧，就讓你多看幾眼，不過，真想知道你被分屍時，她會有什麼感覺！哈哈！」

電鋸的聲音沒有停止過，而且比剛才升得更高了，更接近椅子！

「懺悔吧。」浪牧突然說。

「懺悔？懺悔什麼？」

「在死前，有什麼要懺悔？」浪牧問。

「你是不是瘋了？為什麼是我懺悔，不是你？」梁爽居態度囂張：「看來你已經失去理智了！」

浪牧再次看著白蜜，他知道白蜜在「猶豫」，本來她不需要猶豫，現在卻非常痛苦。

緣白蜜VS何艷芬：

何艷芬終於知道換「新規則」可以看到對方拿著的數目，她現在是「必勝」了！

何艷芬看到顯示板出現……「對方拿著零元」。

她拿著的是一個五元。

「妳什麼也沒拿，是零。」何艷芬在譏笑：「我估總數是五元！」

「六元。」白蜜說得很痛苦。

「妳痛苦什麼？是不是怕看到你男友慘死？」何艷芬說：「我也不知道，誰才是妳的男友？是初見苦？還是源浪牧？妳真壞啊，兩個都這麼英俊，通吃了嗎？」

白蜜的眼淚不禁流下。

「哭什麼？你又不會死，放心吧，妳還年輕，大把男人親近妳！」何艷芬用教導的語氣說：「也可以來我夜總會做，我保證妳收入豐厚！」

白蜜沒有回答她，只是在搖搖頭，然後她說了一句……

「**對不起**。」

山邪東VS趙平：

這一組是最慢的一組。

山邪東把三個硬幣放在桌上，一元、兩元，最後是五元。然後，他右手舉起了拳頭，左手把一元慢慢地放入右手的掌心，之後再放入兩元於右手掌心，最後是五元放入右手掌心。

他動作很慢，就像是解拆魔術影片的慢動作一樣。

一共是……八元。

趙平與天狗人也聚精會神地看著他每一個動作，看邪東有沒有出千。

趙平緊握著手中的一元，目光從邪東的動作，慢慢轉移到電子顯示屏：「對方拿著三元」。

三元？！

不可能！

明明他看到山邪東把三個硬幣放入了右手掌心！而且是慢動作！根本就沒法作弊！

山邪東沒有說話，只是伸出了拳頭。

趙平瞪大了雙眼，他看了一眼那個天狗人，他完全沒有任何反應！

是機器出錯？

還是山邪東出千？

最初的六個回合，邪東也在沒有被發現的情況下出千！

現在他再次出手了？

不可能！不可能！不可能！

趙平會相信自己的眼睛？是八元？還是顯示板顯示的……三元？

說出口的懺悔太輕，藏在心的才叫贖罪。

「你在猶豫什麼?」邪東問:「我不是已經『慢動作』給你看了嗎?你不是要報仇嗎?」

趙平用手背抹去汗水。

顯示邪東是拿著三元,但明明看到是放入了八元,知道答案的趙平,也沒法立刻作出決定!

全場人也正在等待最後一組的結果!

「不,不能相自己的眼睛!更不能相信他!」趙平心中想:「他一定是出千,只是我看不到而已!出千!出千!出千!」

邪東就是想趙平猜他出千,才會大費周章做這場魔術表演!

趙平奸笑,要他死也不會相信這個殺父仇人!

而現在趙平的手上拿著一元。

「我估四元,嘰嘰嘰嘰⋯⋯」趙平冷冷地說。

他相信顯示的數目,而不相信邪東所做的表演!

邪東瞠目結舌,傻眼看著他:「你明明就看到我放入八元,怎可能估是四元?你再想清楚吧!」

「四元。」趙平非常堅定。

「不，不是……你快改答案！」邪東大驚失色：「快改！」

「不能強迫對方修改答案。」天狗人說：「你估多少元？」

「我……」邪東身體傾後沒法說出答案。

「天、有、眼！你就給我死在這裡！」趙平面容扭曲說。

趙平一生中也沒有這麼興奮過，看著殺父仇人慘死，是他多年來的願望！

「九元。」邪東低下頭說。

「大家確定答案？」天狗人問。

「確定！你給我快去死！死死死死死死死！」趙平拍打桌面。

邪東搖搖頭。

最後三十秒，終於有決定。

「我在想……」邪東緩緩地抬頭：「還好，我真怕你會改呢。」

「你在說什麼？」

「剛才不笑出來真的很困難，嘰嘰嘰嘰……」邪東奸笑：「看來我這麼英俊，卻不適合演藝事業，演戲真難！」

「什麼？」

趙平想起了邪東的答案，他……目瞪口呆。

此時，在台上的黑蜜說。

「好了，現在請十位 APPER 一起打開手！看看最後的結果！」

山邪東估九元，趙平估四元；電子顯示山邪東是三元，趙平是一元，一共四元。

緣白蜜估六元，何艷芬估五元；電子顯示緣白蜜是零元，何艷芬是五元，一共五元。

初見苦估兩元，御手洗估四元；電子顯示初見苦是三元，御手洗是一元，一共四元。

岳隨歡估四元，烏賊估五元；電子顯示岳隨歡是兩元，烏賊是兩元，一共四元。

源浪牧估兩元，梁爽居估三元；電子顯示源浪牧是一元，梁爽居是兩元，一共三元。

全場突然變得驟然死寂，連呼吸聲都凝結在空氣中，彷彿有一雙無形的手扼住每個人的喉嚨，所有動作定格在最後的姿勢，連時鐘秒針都卡在齒輪間，只剩瞳孔裡瘋狂放大的恐懼。

剎那間，整個空間像被抽了真空般靜默，只有八把電鋸發出的噪音，耳膜鼓脹作響，喉頭泛起鐵鏽味……

電鋸的鐵鏽味！

他們十人一起打開手掌……

究竟，最後會是誰被電鋸狠狠地分成兩半？！

在死亡面前出現的沉寂，連謊言都變得蒼白無力。

GAME 11 對決 BATTLE 21

五分鐘時間過去，第十二回合……

終於有結果。

金屬鐵鏽味與血腥味，濃得讓人作嘔，痛苦的慘叫不絕於耳，尤其是「他」。

初見苦。

電鋸鋸開了木椅，第一下割裂的，是他的下體。

不能用切開來形容，可以說是爆裂，金屬齒輪高速旋轉，將脆弱的皮膚與裡頭柔軟組織絞碎成一團黏稠的紅黑漿糊。

他的身體猛然一彈，五官扭曲，血液噴濺在他的胸口、臉，甚至濺進他張大的瞳孔裡！

鋸片繼續向上，如同剝離未熟的果肉，纖維斷裂的聲音「啪啦啪啦」作響。

他的肛門被撕裂開，內臟在震顫中開始流出，帶著蒸騰熱氣與濃烈惡臭，像是從他身體深處炸出的詛咒。

再往上，鋸齒撞上恥骨。

不能用割來形容，是……整個粉碎。

骨頭崩裂聲響如乾柴被踩斷，每一吋都用血和肉包裹著！

鋸片卡了一下，他的身體瞬間抽搐，如同魚在地上最後的掙扎，嘴裡吐出半固體的血沫與牙齒！他已經無法出聲，只剩喉頭不斷滾動……

腹部開裂時，腸子被割斷的瞬間彈出，像蛇一樣扭曲地掛在鋸片邊緣……鋸片將腸線纏繞幾圈，然後扯開！

脾臟、胃，甚至一截脊椎都暴露在空氣中，內臟在空中晃動！

最可怕是，在極度的痛楚之下，人還未死去！

當鋸片觸及胸口，他的心臟還在跳動，他媽的瘋狂地跳！卻在下一秒，被金屬齒輪直接穿透！

血液噴出，那一瞬間，他的眼神停止震顫，瞳孔散開……

即場死亡。

最後的盛宴，鋸齒穿過他的下巴、舌頭、牙床，直到從頭頂爆開……整個人像破掉的玩偶一樣，一分為二掛在椅子兩邊，腦漿混著血水散落滿地！

鋸槽滿是肉渣與內臟碎片，整個世界歸於寂靜，只有機器仍低聲轟鳴，彷彿在吞嚼最後一點冷飯殘羹。

場內場外已經沒有人發出聲音，掩著眼、蓋著耳的不計其數，能夠一直看下去的人，都只不過是太過震撼與血腥，整個人也呆住了。

五組人中，有四個人如凌遲處死，被電鋸監生劏開一半！

……

……

……

見苦慘死在他的面前。

這一切……

一切……

一切都是御手洗的幻想。

他幻想見苦的痛苦叫聲。

他幻想見苦被分屍時的痛苦。

他幻想被劏開一半的……不是他自己。

……

……

……

回到最後宣佈結果，「小圓」內。

「好了，現在請十位APPER一起打開手！看看最後的結果！」

黑蜜難得出現了高興的笑容。

首先打開手的是岳隨歡與烏賊，兩個人各自拿著一個兩元，岳隨歡估中是四元。

岳隨歡以局數七比一勝出。

烏賊因為沒有追加「新規則」，就算輸了也沒有任何懲罰。

他才沒有岳隨歡輕鬆，因為烏賊看著邪東的方向，他害怕自己多年來的拍檔兼好友會被劏開！

邪東還未打開手掌，另一邊已經傳來了歇斯底里的大叫！

「怎會這樣？！」

讓人徹底崩潰的經過，往往是最撕裂的痛楚。

GAME 11 對決 BATTLE 22

初見苦VS御手洗：

見苦估兩元，御手洗估四元。

電子顯示初見苦是三元，見苦打開了手掌，他拿著的是……一元！

他媽的一元！

加上御手洗手上的一元，一共是兩元！

見苦贏出！

「怎會這樣？！明明顯示你拿著三元！明明就是三元！」御手洗五官扭曲大叫。

「嘿，誰說我是拿著三元？」見苦露出了殘忍的冷笑。

「明明顯示是三元，不可能……」

見苦沒等他說完，另一隻手打開……

他拿著一個兩元硬幣！

「**感應**」。

不是攝影機拍攝各人拿出多少個硬幣，而是「感應」硬幣有沒有被放入掌心！

見苦利用了這一個漏洞，欺騙了感應器！

欺騙了御手洗！

出幣的手拿著一元，另一隻收起的手拿著兩元，感應器就會顯示為三元，其實，見苦一隻手中只有一個一元硬幣！

「他出千！出千！」御手洗瘋狂掙扎。

「沒有，這不算違規。」天狗人說。

「對不起了，御手洗。」見苦亮出令人膽寒的利牙：「我要送你去見你最愛的女人！」

見苦以局數六比五勝出整個遊戲！

另一邊廂。

白蜜與浪牧兩組人，一起打開了手掌！

源浪牧 VS 梁爽居：

浪牧估兩元，梁爽居估三元，電子顯示源浪牧拿著的是一元。

「你……輸了。」

浪牧打開了手掌……**一、個、硬、幣、也、沒、有！**

加上梁爽居拿著的兩元，一共是兩元，浪牧估中贏出！

「為什麼……怎會……怎會這樣？！」梁爽居看著天狗人：「這局不計算！不算！電子顯示屏出錯！出錯了！」

「沒有出錯，的確是握著一元硬幣。」天狗人說。

明明浪牧的手上空空如也，怎可能是拿著一個硬幣？

不，的確是「**拿著一個硬幣**」。

不過拿著的人不是他，而是……

……

……

·

在遊戲最初，黑蜜說要拉票的時候。

浪牧走到白蜜身邊吻她，就在那時候……

浪牧把一個印上「牧」字的一元硬幣，暗地裡交給白蜜，當全部人都集中在他們的熱吻，就只有見苦看到了浪牧的「做法」。

白蜜顯得「不自然」的原因，不是因為浪牧突然走過來吻她，而是……

他突然把其中一個硬幣交給她！

浪牧根本不會知道遊戲的「新規則」會顯示對方拿幾多個硬幣，他只覺得明明硬幣都是一樣，為什麼要印上名字？而且有十二個這麼多，他拿走一個也不會有人發現，而且也許在未來會有什麼「作用」也不定。

就在最後一回合，「作用」出現了。

他在第十一回合大叫「頸鏈」，就是在提示白蜜，當天搬到她家時，他手中握著的趴地熊頸鏈！

一隻手什麼也沒有，一隻手收藏著頸鏈！

「『頸鏈』放在手中。」

「『**硬幣**』**放在手中！**」

只有白蜜明白他的意思！

緣白蜜 VS 何艷芬：

白蜜估六元，何艷芬估五元，電子顯示白蜜一個硬幣也沒有拿著。

其實……

她拿著浪牧的一元硬幣！

她沒有拿任何一個自己的硬幣，所以顯示她是零元，其實她手中是拿著浪牧的一元！

最後結果，一元加何艷芬的五元，一共是……六元！

白蜜勝出最後一個回合！

反轉的程度，最意想不到。

何艷芬沒有大叫大喊，只是像木偶一樣全身無力，呆呆地看著白蜜掌心的一元。

「對不起……」白蜜淚如雨下。

白蜜根本不想何艷芬死去，才一直遊說她不要追加「新規則」，根本就不是何艷芬所說的怕輸！

如果白蜜不想何艷芬死去，她不是可以輸掉這回合嗎？

不，不可能。

因為她不拿著浪牧的一元，浪牧就會輸掉，到時被殺的人就會變成自己深愛的男人！

而且就算這回合打和，已贏得總金額較多的白蜜，一樣會勝出。

其實白蜜不需要自責，怪就怪在何艷芬貪得無厭想贏出整個遊戲，才會有現在的結果！

白蜜以局數三對二勝出遊戲！

因為白蜜拿著浪牧的硬幣，同時，浪牧沒有拿任何一個硬幣，這代表了浪牧是零元，梁爽居拿著兩元，即是說總數是兩元。

浪牧估中了兩元，也勝出這一局！

還在爭論的梁爽居瘋狂地掙扎，他完全估不到會有這樣的結果！

浪牧看著他，沒有半點笑容。

這場本來沒有懲罰的遊戲，卻在最後完全變成了生死之戰，就跟荔園那時一樣，浪牧沒有救當時被殺的女人，現在，也為了自己與白蜜的性命，殺死這個完全不認識的男人。

他真的有錯？

還是梁爽居為了勝利接受「新規則」，才導致現在的結局？

浪牧不想再想下去，他只想跟白蜜與見苦離開這個他媽的地方。

最後，浪牧以局數五比二勝出估錢遊戲！

最後一組。

山邪東VS趙平⋯

山邪東估九元，趙平估四元，電子顯示山邪東是三元，趙平是一元，一共四元。

趙平打開了手掌，是一元。

接著，山邪東也打開手掌⋯⋯

他有出千？

明明看著他把一元、兩元、五元逐個逐個放入右手掌心之中，電子卻顯示是三元。

「快打開！你一定是三元！三元！」趙平情緒激動。

邪東如慢動作一樣，緩緩地打開了手掌，他拿著……

一元。

兩元。

還有……五元！

一、共、八、元！

山邪東估九元，自己手上的八元，趙平手上的一元，一共九元。

邪東勝出這回合！

「怎……怎可能？不可能！」趙平不斷的搖頭，不敢相信自己的雙眼。

「我根本沒有出千！我慢慢把硬幣放入手掌中，就是想你猜測我做了手腳，繼而相信顯示的數字，而不相信自己的眼睛！」邪東說。

前六回合的出千，導致趙平堅信邪東最後都會出千！

一切都是這頭狐狸的陰謀！

邪東沒有像見苦一樣，用另一隻手收起硬幣，也沒有像浪牧與白蜜一樣合作，他是如何騙到感應器？

「你一定想知道為什麼會輸吧？至少死得眼閉。」邪東說。

他把手掌上的三個硬幣放在桌上，然後，他一個又一個把硬幣反轉。

一元，反轉後單邊印著「邪」字。

兩元，反轉後單邊印著「邪」字。

五元，反轉後單邊印著……

「平」字！

邪東拿了一個從趙平贏回來的五元硬幣，握在自己的掌心中！在他的顯示屏中，趙平的數目不是一元，而是六元！

所以一共是九元！

邪東以十比八的局數，贏出了這場遊戲！

趙平再沒法說出話來，只能呆了一樣，看著印著自己名字的五元硬幣！

「輕敵」才是輸掉的人最失敗的地方！他們沒有想過，為什麼顯示器會知道對方有多少個幣的原因，他們只覺得在最後一局「先手」必勝，讓他們墮入了地獄之中！

讓趙平、何艷芬、御手洗、梁爽居墮進了死亡地獄的深淵！

第十二回合勝負積分表：

估錢遊戲：第十二回合

回合	山邪東	趙平	緣白蜜	何艷芬	初見苦	御手洗	岳隨歡	烏賊
1	$5	敗	和	和	和	和	敗	$0
2	$3	敗	敗	$8	$2	敗	和	和
3	$2	敗	和	和	和	和	$3	敗
4	$1	敗	和	和	$1	敗	和	和
5	$3	敗	敗	$1	和	和	和	和
6	$3	敗	和	和	和	和	和	和
7	敗	$5	和	和	敗	$3	和	和
8	敗	$3	和	和	和	和	和	和
9	敗	$3	和	和	敗	$3	和	和
10	敗	$1	$3	敗	敗	$2	$2	敗
11	$3	敗	$7	敗	$3	敗	$1	敗
12	$1	敗	$5	敗	$1	敗	$2	敗
TOTAL	$21	$12	$15	$9	$7	$8	$8	$0
勝數	10	8	3	2	6	5	7	1

源浪牧	梁爽居
$2	敗
和	和
和	和
和	和
和	和
和	和
和	和
和	和
和	和
敗	$1
$2	敗
$2	敗
$6	$1
5	2

真正的失敗，往往從第一眼低估對手開始。

GAME 11

對決 BATTLE 24

「黑蜜！我只有一個請求！」白蜜向著他說。

她還為將要死去的人流下眼淚。

「妳說。」

「別要殺他們！」白蜜哭著說：「求求你！」

「對不起，做不到。」黑蜜冷冷地說。

「那至少讓勝出的人離開！」浪牧堅決地說。

「你也不想我們不再參加遊戲吧？」見苦也提出：「你明白我的意思？」

沒錯，他們三人根本不想看到被他們打敗的 APPER 痛苦地死去，如果是看著他們被鋸死，那感覺絕對會讓人精神錯亂與崩潰，或者，他們不再參加，不會再有任何的遊戲。

黑蜜想了一想。

「請勝利者選擇自行離開，另外沒有被懲罰的落敗者也可以離開。」

不用想，岳隨歡第一個跳了起來。

「媽的！你們真的是超級變態！我才不會看！」

這句話由岳隨歡的口中說出來，一點說服力也沒有，不過，他的確不想看下去。

浪牧與見苦走到白蜜身邊，跟她一起離開。

「救救我……求妳救救我……」何艷芬的妝哭得也溶掉。

「對不起……」

這是白蜜臨走前的最後一句說話。

他們一個接一個離開，烏賊也離開現場，還有浪悅與大部分的天狗人也不想看下去，選擇自行離開，唯獨山邪東還坐在自己的座位上。

「趙平，我尊重你，我會看到最後。」他收起了笑容。

趙平面如死灰，沒有回應他的說話。

不知是他「想看」，還是真的出於尊重，邪東決定留下來。

電鋸的聲音沒有停止過，「外圍」的玻璃變回了單面玻璃，那些賭徒沒法看到裡面的情況。

當然，也許沒有人真的想看。

「不要！不要！不要！我不想死！不想死！」梁爽居大叫。

「來吧！哈哈哈哈哈！快來吧！！！！」御手洗歇斯底里大叫：「犬姬，我來找妳了！哈哈哈哈！」

現場只餘下四個輸掉的人，還有邪東與黑蜜。

當然，那些看直播的變態有錢人，最期待這一刻來臨！他們已經等了這一幕很久！

巨大的機械電鋸緩緩升起，齒刃閃著死亡的寒光，聲響彷彿從地獄深處爬出的惡魔嘶吼！

之後的畫面，比御手洗幻想的更可怕、更恐怖、更殘忍！

殘忍一百倍！

血與肉、骨與魂，隨著鋸片的前進，緩緩地分離……

殘忍得已經不能用筆墨來形容……

血腥得像在劏牛的屠場一樣……

而人類所發出的痛苦哀號，比牛的叫聲更讓人心寒。

直到，最後出現了一聲「咔嚓」，整個世界歸於寂靜。

「估錢遊戲」正式結束。

最後餘下五個勝出的APPER。

山邪東、緣白蜜、初見苦、源浪牧，還有岳隨歡。

他們將要進入……

最後的遊戲（Final Game）。

遊戲結束，但今天的「晚宴」完結了嗎？

才沒有，別忘記還有壓下重注的外圍賭徒，他們除了是用來刺激有錢人加重投注的棋子，他們還是晚宴的甜點！

輸掉的賭徒不可以離開，他們被困在外圍的賭場之中。

還記得在珍寶海鮮舫被爆頭的畫面嗎？

現在，這裡將會有八十人以上……

逐、個、逐、個、被、爆、頭、而、死！

故事比真實更殘酷？文字比畫面更血腥？一切只在乎於你的想像力。

GAME 12
劇本
SCRIPT

GAME 12

劇本 SCRIPT 1

「慷慨，本義的解釋就是物質與精神上的無私給予，是其中一種光輝的人性。

可惜，更多人利用慷慨，透過拯救他人來逃避自身空虛，最終陷入施虐與受虐關係，這是一個心理學的概念：白騎士症候群（White Knight Syndrome）。

哲學家亞里斯多德（Aristotle）曾提出過一個觀點：『慷慨不在於給予多少，而在於是否給予得恰當、捐贈者品德是否高尚。』

更甚的是，在社交媒體上無數人在『慈善作秀』，高調捐款卻避談稅務優惠，結構性吝嗇下，個人慷慨亦難以彌補制度的剝削，如企業巨額捐款卻壓榨勞工，形成了『偽慷慨』。」

……

⋯⋯

病態人格（Psychopathy）。

缺乏悔恨、同理心與道德感，極度冷漠，幾乎沒有人類的真實情感。

擁有病態人格的人，經常跟反社會人格（ASPD）的人混為一談，其實，在心理學和犯罪學領域中，有明顯的差異。

比如我，從不衝動易怒，也不是難以遵守社會規範的人，我更會迎合別人與社會，最讓我引以自豪的是，我非常善於偽裝。

我沒有受過童年創傷，雖然爸爸拋棄了我們，後來才知道他拋棄我們的「原因」。不過，家姐與媽媽還是很愛我，我也一直偽裝成「正常」的男孩。

不，用「正常」是不當的，這樣就代表了我「不正常」，其實從來也不是這樣。

十歲前，我會有這樣的想法，但當接觸了「他」，知道世界上原來有一種人天生擁有「邪惡基因」，我終於知道我的「人格」，不是不正常，也不是障礙或缺陷。

這是屬於我的「人性」。

曾經，我做過門薩學會（Mensa）的智商測驗，我知道不能讓人發現我的智力比一般人高，我提交了兩份答案，一份錯漏百出，寫上我的名字；而另一份說是朋友的答案，結果接近滿分。

那些大人都說想找出我那個「朋友」，當然，他們不可能找到他，因為他就是我。

我說過，我最懂偽裝。

自從我小時候遇上了「他」，就是那個跟我說「邪惡基因」的男人，從那時開始，我就知道我的「使命」。

爸爸給我的使命。

「他」讓我對自己的人格豁然開朗，我決定幫助「他」，成為「對手」遊戲的遊戲設計師，就是現在的「人性遊戲」。

世界上，有20%的人類在耗用80%的資源，而80%的人只能用20%資源。有人正奢侈地坐頭等機艙，喝著那支幾百元的礦泉水；而世界的另一端，卻有人連乾淨的食水也沒有。

永遠都是少數人掌握大部分人的資源，永遠也是少部分人……統治多數人。

「他」就是少數人中的「少數人」，我非常的尊敬他，他讓我知道，別人說我的病態人格根本就不是「病」，他改變了我，所以我不需要什麼回報也願意替「他」工作。

他就是「上帝之源」其中一位最高層，而他的對手，就是……阮生。

雖然我不知道「上帝之源」內部在爭鬥什麼，但我知道，他要我幫助阮生，一定有原因。

他想把我放入敵人的陣營之中？還是什麼原因？

或者，爸爸是在考驗我。

我跟他沒真正見過面，只是在螢光幕上看到他的影子，不過我很喜歡「他」。

我喜歡他的權力，我喜歡他操縱別人的能力，能夠成為「人性遊戲」的遊戲設計師是我的榮幸，我從小已經沒有人類的真實感情，我才不怕什麼血腥與殺人。

別忘記，我才不是那些沒法控制自己的變態殺手。

設計殺人的遊戲，都是我精心的計劃。

就是我一生中……最重要的「**使命**」。

每個人的使命都藏在選擇中，也藏在無法逃避的執念裡面。

GAME 12 劇本 SCRIPT 2

在我十一歲那年。

遇上另一個改變我想法的人，她叫源浪悅。

當年，她跟我都是十一歲，一樣剛剛升上中一，她讀的是香港數一數二的名校，而我只是三流的光大中學。別忘記，我最懂得掩飾，考試時我都是刻意答錯，如果我想要學歷，直接報讀外國的一流名校，易如反掌。

她是源氏酒店集團的千金小姐，一出生就含著金鎖匙，生活無憂，卻非常空虛。

我們在圖書館遇上，當時她正好還書，還一本借了七年沒還的兒童圖書《三隻小豬的故事》。

「本小姐專程來還書，你們還要罰我錢？」她問。

「小妹妹，妳借了七年沒還，當然要罰錢。」圖書館職員說。

「那我不還了！」浪悅生氣地說：「我掉入垃圾桶也不還！」

「不可以，這樣你就是破壞公物！」圖書館職員一口咬定。

浪悅沒錢嗎？才不是，只是反叛的她，不想聽圖書館職員的說話而已。

此時，我走向了他們。

「我剛才看到你有心捉摸她的胸部。」我冷冷地說。

「你說什麼？！」職員問。

「別要怕，我可以做證。」我看著浪悅，這是我們第一次對話：「看看其他的大人相信我們，還是這個男人。」

「不，他沒有……」浪悅想了一想，指著職員：「對！是你！你摸我！」

她的聲音很大，配合著我，其他人開始被我們的聲音吸引。

職員立即害怕起來，只是小小的罰款不算什麼，但如果事情鬧大了，也許他連工作也會失掉。

「走吧。」我跟浪悅說：「如果他再阻止妳離開，妳就哭吧。」

「沒問題，我最愛哭！」浪牧說。

「你們……」

圖書館職員沒有阻止，只能眼巴巴看著我們離開。

圖書館門前。

「大吵大鬧沒有用的，妳要利用自己的優勢，才能夠得到妳想要的東西。」我跟她說：「再見。」

我沒再多說，轉身離開。

然後，浪悅一直跟著我，直到我覺得不耐煩。

「妳想做什麼？」我轉身問。

「我們做朋友吧！」她直接地說。

「我沒有朋友。」

「我就做你第一個！」

「我不需要。」

「我需要！」

死纏爛打的人我最討厭，不過，不知道什麼原因，我一點都不討厭她。

「做朋友也可以，回答我一個問題。」我說。

「好！你想知道什麼？」浪悅高興地說。

「為什麼七年後才還那本《三隻小豬的故事》？」我問。

或者，沒有人會想知道，但我卻想了解屬於每一個人的故事。

她低下了頭說：「這是我哥哥在我四歲時一起借的圖書，睡覺前他還會說故事給我聽……」

沒錯，他說的哥哥就是源浪牧，他一直也很疼愛這個妹妹。

「現在他只聽爸爸的話，說什麼要幫公司集團賺錢，沒時間再講故事給我聽！」她突然又變得生氣：「我討厭他！討厭爸爸！討厭爸爸公司！所以把書還了！」

都十一歲了，不講故事給她聽，就討厭哥哥嗎？

看著她認真的樣子，我覺得有趣起來了。

就在那時開始，我在想，我可以憑一己之力……**摧毀一個集團**嗎？

摧毀一個跟我完全無關的上市集團？

然後，我跟她說。

「我們做朋友吧。」我伸出了手：「我叫緣黑蜜。」

我們就是在這樣的情況之下認識。

從這扭曲的關係開始……屬於我們的故事。

或者彼此綁在一起，不是因為深愛，而是喜歡互相毀滅的快感。

劇本 SCRIPT 3

我叫源浪悅。

我曾聽說，古希臘神話中，人類原本是有四手四腳，還有兩張臉、兩雙耳朵和眼睛，就如現今兩個人背對背一樣，能夠看得到三百六十度的環境。

不過，因為人類愈來愈強大，令眾神感到壓迫與威脅，於是宙斯將人類從中間切開，分成兩半，削弱人類的能力。

從此以後，人類就在塵世間浪跡天下，終其一生尋找自己失去的另一半，希望可以變回完整的「自己」。

「另一半」這個稱呼，就是這樣得來。

被切開一半嗎？很恐怖啊！不過，又很浪漫。

從我認識黑蜜開始，我知道，我已經找到了「另一半」。

我可以為他做任何事，甚至是死，我也沒有任何怨言。別人總是說這是病態的愛情，但我不覺得，只是那些人沒有找到願意為他犧牲的另一半而已，有更多的，是假的另一半。

黑蜜說，會幫我摧毀爸爸的整個集團，當然，我也要跟他合作才可以完成，他說這是他的生命中其中一個「使命」。

為了心愛的人，我怎可能拒絕他？

他經常說「我要你親手摧毀，你最不捨的東西」，我是明白的，他要證明自己可以毀滅他想毀滅的任何東西。

我永遠支持他！

黑蜜比世界上任何東西都更重要，比我的朋友、家人，甚至是哥哥更重要！

要我出賣父親打跨他一手建立的集團，我才不介意。

要我出賣肉體給獄長用來威脅他，我也沒有任何怨言。

無論他要我做什麼，要怎樣對我，我也不會反抗！

因為，世界上我最愛的人是他，不會有另一個！

唯有一件事，我沒法答應黑蜜。

就算為他死也可以，不過「那件事」，我絕對不會答應。

粉紫色房間內。

黑蜜又在電腦前設計他的遊戲。

我百無聊賴在跟 Kuromi 公仔聊天。

「喂，那個叫白蜜的女生搶走哥哥，很討厭！就像 Melody 一樣討厭，對吧？」

Kuromi 點點頭。

「賤女人！以為生得漂亮就為所欲為？我們一起教訓她！」

Kuromi 再次點點頭。

「浪悅。」黑蜜叫著我的名字。

他很少會在工作時叫我。

「是！」我高興地抱著 Kuromi 走到他的身邊。

「我想知道，妳會不會很討厭我？」黑蜜停下了敲打鍵盤的雙手。

「為什麼會討厭？」

「我設計的遊戲害死了很多人，而且把妳哥與我姐拉進遊戲。」黑蜜說：「還有，把初見苦的可怕身世告訴了他。」

「不，我一點都不討厭你！別要這樣說啊！而且那些人都跟我無關，我才不介意他們的死活！」我吻在他的臉上：「就算是哥哥會死，我也不會討厭你，無論你做什麼我也支持你！」

「如果，在最後我也把妳犧牲掉……」

「沒問題！我願意！」

「就算我不愛妳？」

「我……」

我沒法立即回答他。

「我不需要你愛我，我心甘情願愛你！」

這就是我的答案。

或者，來到最後，我還是有「方法」可以跟他……永遠在一起。

我知道，黑蜜是一個不懂什麼是愛的人，而我卻是……一個愚忠地愛他的人。

「我明白了。」黑蜜說完繼續他的工作。

「愚忠」，盲目地愛一個人，是否也是一種人性？

我不知道這麼多，我只知道唯有一件事，我沒法答應黑蜜，就是……

「要我離開他」。

我絕對不會答應。

就算他不喜歡我，我也會一直、永遠、不朽地愛他。

就算最後我只得短短的十六年的生命，我也覺得……

無憾無悔。

不求被愛，只求被囚，最好一輩子也關在你心的牢籠裡。

GAME 12 劇本 SCRIPT 4

澳門地下賭場貴賓廳。

一個本來在人性遊戲中贏了很多錢的男人，這一晚，他把贏回來的錢全部輸光，現在甚至是欠債纍纍。

他就是……岳隨歡。

岳隨歡在人性遊戲中一直贏到最後，他以為運氣好到可以在賭場繼續賺大錢。其實，他得到的獎金已經夠他一家花很多年，可惜，他的賭癮讓他墮入地獄之中。

「他媽的！這一局一定要贏！一定要！」他醉醺醺地說。

岳隨歡正玩著百家樂，這一局是他借來的二百萬注額，如果他輸掉，不要說是離開澳門，也許連賭場也不能出去，最後要家人替他贖身。

現在牌面，莊家是四點，岳隨歡打開的牌是兩點，他開始慢慢揭牌。

「三邊！三邊！三邊！」他的汗水流下。

三個階磚的牌邊出現，即是說有三個可能性，階磚六、階磚七、階磚八，他高興地笑了。

如果是六或七，他會勝出，如果是八他就只有零點，二百萬就這樣輸掉。

「這一局我要翻身！嘰嘰嘰！翻身呀！」岳隨歡對著荷官奸笑。

岳隨歡快速打開了牌，底牌是……七！

一共九點！他贏出！

「去你的！去你的！去你的！我贏了！我……」

突然有一個黑衣人快速走向他，黑衣人一手抽起岳隨歡的衫袖，一張階磚八的牌從衫袖掉了出來！

岳隨歡出千！他以為自己還在玩人性遊戲！這裡是地下賭場！

「你出千！」黑衣人大叫。

還沒等岳隨歡來得及反應，幾個魁梧的男人已經把他拉走！

「等等！幹！你們想做什麼？！等等！」

他大叫也沒有用，攝影機已經拍到他出千的過程，岳隨歡沒法抵賴！

他被帶到一間昏暗的房間，在牆上掛滿了虐待人的工具，比當年邪東在新疆的虐待房更齊備！

不用多說，岳隨歡被幾個男人毒打一輪後，他承認自己出千。

「咳咳……求求你們放過我……我會準時還錢，別要再打！」

「還老味！」

男人一拳轟在他的臉上，力度大到連牙齒也掉了出來！岳隨歡口吐鮮血倒在地上！

另一個穿著醫生袍的男人蹲在地上，一手捏著他的面頰。

「啊？你看來好像有蛀牙，來，我幫你剝掉它！」醫生袍男人說。

另外幾個人一左一右按著岳隨歡，男人用固定器打開了他的口腔，鐵鉗緩緩伸入……

岳隨歡想起在出奇老鼠樂園時，自己把女人的智慧齒監生剝走，現在……輪到他！

這是報應！

「咯啦！」

一下清脆的聲音，伴隨著隨岳隨歡痛苦的大叫！

男人們把岳隨歡鎖在牆上，雙手被吊起，頭部被固定。

「魯醫生，你慢慢玩。」男人奸笑：「要讓他知道在我們賭場出千的人會有什麼後果！」

男人說完，跟其他人先離開，只餘下魯醫生與岳隨歡。

魯醫生像享受快樂的時光似的，他按下播放掣，播放著音樂。

"You are my only~ you are my treasure~ I'd give you my whole thing even if you don't want~"

河村隆一的《Love is...》。

「來吧，我們開始了！」

貪心不是罪，是本能；只是代價，是靈魂。

GAME 12 劇本 SCRIPT 5

三天後。

岳隨歡被關了三天，他的下排牙齒已經全部被拔光！

口腔中滿是濃烈的血腥味與嘔吐物味道，血水還不時滲出。

本來那個魯醫生可以一天就完成他的工作，不過，他想慢慢虐待岳隨歡這個老千，才會分更多天去「工作」。

岳隨歡已經痛得沒法進食，連喝水也讓他極度痛苦，現在的他，就如人乾一樣，最可怕的是，魯醫生說，今天開始就要拔上排牙齒。

他終於知道，當天被他拔牙的那個女人有多痛苦，她只是被拔四隻智慧齒，現在岳隨歡全部牙齒將會被拔走！

「對不起……是我錯……對不起……」岳隨歡想起那個女人，全身在顫抖。

他開始感到後悔與極度的自責，現在，他承受的極度痛苦，就如在整個人性遊戲中，被他傷害的人加起來，給他的……報應。

他有想過死，卻沒有這樣的勇氣；他在痛苦與委屈之中，想起了自己的家人，想起了自己的兒子岳隨心。

如果可以，他想回到過去，去做一個更好的父親，不再賭錢、不再喝酒，也不會喝醉後毒打自己的兒子。

「人之將死，其言也善」，岳隨歡開始後悔他所做過的所有所有事。

此時，大門打開。

只要門一打開，魯醫生就會吩咐人把岳隨歡鎖起來，把頭顱固定然後剝牙。當他聽到開門聲，就像驚弓之鳥一樣，瑟縮在牆角。

「不要……不要……求求你放過我吧……我不會再出千了……出千了……」

沒有了下排的牙齒，岳隨歡說話也含糊不清。

他看著房間外的光打在地上的影子，這次，就只有一個人。

岳隨歡抬頭看著「她」。

這位少女，曾在荔園遇上，還叫他放棄遊戲，她是……曉兒！

她蹲在地上，眼神充滿悲傷，她用纖柔的手指撫摸著岳隨歡的臉頰，已經沒有下排牙齒的臉頰。

「求求妳……救救我……」

岳隨歡已經沒多想她為什麼會在這裡，他只想快點離開這人間地獄。

「沒問題了，我已經替你還清所有賭債，你現在已經自由。」

曉兒用鎖匙打開了岳隨歡手臂上的鎖頭。

岳隨歡呆呆地看著曉兒，他根本不知道發生了什麼事。

他看著曉兒，那一份親切的感覺再次出現，岳隨歡眼淚已經不禁掉下來。

「嗚嗚……嗚……」

曉兒擁抱著他，岳隨歡在她肩膊上哭成淚人。

「我不再參加遊戲了！我不再參加了……嗚嗚嗚嗚……」

「那就好了。」曉兒淡淡地回答，好像已經知道一切。

「我是壞人，我應得報應……我以後不會再這樣做人……」

「不用多說，以後改過自身就好。」曉兒溫柔地說：「現在我帶你走。」

岳隨歡沒有停止哭泣，曉兒也沒有阻止他，良久，岳隨歡終於說話。

「謝謝妳救了我，妳……妳到底是誰？為什麼要幫助我？」

「我不是已經說過了嗎？」

岳隨歡回憶起在荔園時，她所說的一句話。

「爺爺，別再參加這個人性遊戲了。」

爺爺？！

「記得，別要跟你的兒子說我的事。」

她做了一個安靜的手勢，然後繼續說。

「我的真正名字，叫……*****岳曉純**。」

有時，明知來不及再嘗試，還是跪著求命運重來一次。

*岳曉純，岳隨心未來的女兒，詳細請欣賞孤泣作品《APPER人性遊戲》第三季。

GAME 12

劇本 SCRIPT 6

岳曉純把岳隨歡帶到一間私家醫院接受治療。

然後，她回到地下賭場附近的一棟建築物，她要替岳隨歡報仇？

要替爺爺報仇？

魯醫生，還有幾個賭場的男人，已經在建築物的大門外等待。

岳曉純對著他們沒有半點的畏懼，然後她把一大袋東西丟在地上。

「齊數，自己數數吧。」她說。

袋中放滿了現金鈔票！

在岳隨歡被捉到出千之後，其實有一個問題……他們為什麼要這樣虐待一個老千？

「謝謝了，我玩得很開心，嘰嘰。」

魯醫生打開了大袋，是一疊疊又臭又腥的銀紙。

「我可以問妳一個問題？」魯醫生問。

「說。」

「為什麼妳要我們虐待他，然後又要拯救他？」

「你沒看過*《時空管理局》嗎？」

「什麼？」

「我們改變世界，讓世界不改變。」

她讀出書中最重要的一句說話。

那班男人完全摸不著頭腦，不明白她在說什麼。

當然，因為當年《時空管理局》還未出版。

「要你們這班人看書，簡直是侮辱了人類的智慧，走了，BYE。」岳曉純語帶調侃，頭也不回離開。

沒錯，在岳隨歡身上發生的「懲罰」，一切都是岳曉純所為，這全都是她的「劇本」中……需要的劇情。

岳曉純走在沒人的街上，夕陽的光正好打在她的臉上。

「啊？我好像在幫那個爛作家宣傳書籍。」岳曉純突然想起：「那個笨作家。」

她走向了夕陽，帶上了不在這時代出現的 AirPods，聽著一首那個時代新晉女歌手的歌曲。

「為何沒意思我都妒忌～為何沒意思我偏偏說起～為何是相對漸無味～經不起～」

梁詠琪的《愛自己》。

然後，她消失於街角之中。

林村後山村屋。

邪東與烏賊正在討論著。

「你決定了？」烏賊問。

「對，我要跟他們交換條件。」邪東喝著啤酒：「我幫他們賺了這麼多錢，這一點都不過分吧？」

邪東想起了當天跟岳曉純的對話。

……

……

…

*《時空管理局》，孤泣另一作品，詳情請欣賞《時空管理局》。

岳曉純說出了邪東不為人知的身世，甚至發生的日期、時間、地點都準確無誤地說出來。

邪東盡量抑壓著自己的恐懼。

「妳是誰？怎會知道？」邪東帶點驚訝。

「你就當我是……未來人吧。」岳曉純說：「我知道你的一切過去。」

「哈哈哈！他媽的未來人？哈哈！」他瘋了一樣大笑。

「你將會去到最後的遊戲，到時你就選擇退出惡魔的一方，加入天使行列，對你有好處。」她說。

「什麼惡魔？什麼天使？對我有什麼好處？」

「到時你就知道。」

……

…

.

「他媽的到時我就知道，嘿。」邪東一口把啤酒喝盡：「烏賊，幫我聯絡黑蜜那小子，我要……退、出、遊、戲。」

「沒問題，然後？」

「你跟他說，如果不想我退出，給我更重要的職位！」邪東說：「比起他，還有那個白頭佬更高的權力，我要成為『上帝之源』數一數二的高層！」

邪東就是這樣的一個人，就如殺死趙老闆那時一樣，他要一步一步奪權！

這就是邪東想要的「交換條件」。

恐懼，不是看見了才害怕，是害怕才會看見。

劇本 SCRIPT 7

見苦家中。

墨水正在呼呼大睡。

有時做貓比做人更好，過著優哉游哉的生活，只有十多年的生命，就算是流浪貓，只有五、六年的生命也好，亦不需要像人類一樣一直捱苦。

可能快點死去比生存下去更幸福。

「早前澳門的工地發生嚴重工業意外引致火災，死亡人數增至八十多人……」

浪牧拿起遙控器關掉了電視。

跟海難一樣，那個爛組織又用「意外」來包裝死了人的真正慘劇，那些在外圍的賭徒，也許接近一半已經被殺死。

從澳門回來已經一星期，那場「估錢遊戲」的畫面依然歷歷在目。

何元陰、犬姬、御手洗已經全部死在我手上，最無奈的是，明明我們是要替小郎報仇才參加遊戲，偏偏，現在才知道他就是幕後黑手。

「我覺得已經不再需要繼續參加遊戲。」浪牧說：「我們已經不需要為小郎報仇。」

「你的妹妹呢？」白蜜問：「他們說只要繼續遊戲就會知道一切的真相。」

「知道真相又怎樣？」浪牧說：「現在知道她安全我已經滿足。」

他這樣說，我跟白蜜也不知道如何回答。

「白蜜妳呢？」我問：「你的弟弟？」

「我真的很想教訓他！」白蜜嘆了口氣：「不過，我這個沒用的家姐又能做什麼呢？」

「我們都曾有過十六歲的青春，也知道怎樣說也改變不了年輕時自己的想法，而且我不想你們再參加這些可怕的遊戲。」浪牧喝了一口咖啡：「你呢？苦，我想知道你的想法。」

「我嗎？」我想了一想：「老實說，既然你們也不想參加，我也沒有參加下去的理由。」

的確，已經不需要替小郎報仇，而且我已知道自己真實的身世，打敗那個組織的想法，已經煙消雲散。

我已經不再像以前一樣，沒有了那該死的「正義感」。

「現在我的人生中，最重要的兩個人與一隻貓都在我面前。」我笑說：「其他都不重要了，錢也可以慢慢賺回來吧。」

「你不只是改變了正義感，而且也說得很肉麻，嘿，什麼人生中最重要的人。」浪牧揶揄我：「我也想重組新公司，你來幫我吧。」

「不，我不做你的手下。」我搖搖頭。

「誰說你是我的手下？」浪牧說：「我們是夥伴，一起打江山，從新來過。」

「我也要加入做CEO！一星期兩天假，半年一次大假，年尾有花紅！」白蜜數數手指：「最好就有幾十人跟我，出出入入都有專車接送！」

我跟浪牧對望，笑了。

這次的人性遊戲雖然很可怕，但讓我找回了自己，還有得到了他們兩個最好的朋友，其實不是一件很幸福的事嗎？

那個「上帝之源」賺多少錢，影碟賣多少，跟我完全無關，我不想再成為他們的棋子。

就如浪牧說，知道真相又如何？已經，不重要了。

不過我知道，他們還是在意自己的弟妹，只是他們不想再在「人性遊戲」中遇上他們。

「決定了嗎？」我問。

浪牧與白蜜一起點頭。

「喵～」墨水也醒了，叫了一聲。

好吧，我們就這樣把一切完結吧！

……

……

一星後，黑蜜發出了「最後遊戲」的邀請給五個人。

然後，他收到了回覆。

「**全部人退出遊戲。**」

「有你就好」，就是其中一個幸福的原因。

劇本 SCRIPT 8

半山一所裝修成幼稚園的豪宅。

室內擺滿了大大小小的公仔、兒童圖書與童裝的衣帽間，大廳中央位置，還有一條兒童遊樂場的瀡滑梯。

這天，是岳曉純的最後一個任務。

最後一個「劇本」。

「岳小姐，請你稍等。」女秘書說。

沒有看錯，他就是小郎的「假媽媽」。

不久，一個男孩從二樓的瀡滑梯一直滑下來，來到了豪宅的大廳。

這個男孩就是小郎。

「姐姐，妳為什麼知道我就是阮生？」小郎第一個問題說。

岳曉純看了一看秘書。

「媽媽，妳先出去吧。」小郎說。

秘書點頭離開。

「我不只知道你叫阮生，我還知道你的真實名字叫阮楚義。」曉純說。

小郎出現了一個懷疑的表情，他從來也沒跟人說過自己的名字，白頭佬，甚至是他的假媽媽也不知道。

「有趣了。」小郎坐在一張兒童木椅子上說：「妳是什麼人？」

「幫助你的人。」曉純說：「如果他們不再參加人性遊戲，你就要賠償一筆可觀的費用。」

「你怎知道？」

「這也不重要，更重要是跟你在『上帝之源』內鬥的人，會批評你的計劃失敗，然後你將會逐漸失去話語權。」曉純緊盯著他：「你一直在研究的項目經費將會大幅減少，然後你在組織再沒有權力。」

本來微笑的小郎，也收起了笑容。

從來沒有一個人能讓他有這樣的壓迫感，他第一次感受到被威脅的感覺。

「姐姐，妳要怎樣幫我？」

「就要讓他們參加『最後的遊戲』。」曉純說：「不過我有一個條件。」

小郎沒有說話，等待她。

「條件就是，未來別要放棄『人性遊戲』的計劃，直至有天，你被徹底打敗為止。」曉純露出了滿足笑容。

究竟曉純是站在哪一邊？

如果他真的岳隨心的女兒，她絕對不會幫助阮生與「上帝之源」，因為全都是*「崇德聯盟」的敵人。

她好像已經知道小郎腦海中的疑問。

「人必須內心仍有混沌，方能誕生一顆跳舞的星。」曉純說。

是尼采在《查拉圖斯特拉如是說》寫的一句話，大概的意思就是……

「我必須成為黑暗，才能誕生光明；我必須成為戰爭，才能孕育和平。」

先有混沌，經歷過程，最後重生。

小郎似懂非懂地笑了。

「你手上不是已經有讓他們繼續遊戲的籌碼？」曉純說。

「姐姐妳是指……」

「你的……**人體實驗場**。」

小郎好像已經明白她的意思。

「我跟你說，最後你還是會失敗。」曉純指著小郎，目光冰冷：「除了被別人打敗，也是你自己把自己打敗。」

「看來，姐姐知道真多呢。」

沒有多說，曉純轉身離開，小郎也沒有阻止她。

「對，忘了說。」曉純轉身：「你在猶豫要不要殺死我，不過，最後你也不會選擇這樣做。」

說完最後一句後，她獨自離開。

安全地離開。

其實，由曉純進來大宅的一刻開始，那個爆頭的裝置已經瞄準了她的頭顱。

而小郎的確有半秒想把她殺死，最後，卻讓曉純離開。

曉純準確地預測了他的想法，小郎大概想到，這個女生為什麼知道他的一切。

小郎微笑了。

讓人背脊發涼的微笑。

或者對你，若有所思；才會顯得，若無其事。

＊「崇德聯盟」，詳細請欣賞孤泣《APPER人性遊戲》系列及《教育製道》系列等作品。

GAME 13

最後遊戲

LAST GAME

GAME 13

最後遊戲 LAST GAME 1

「無私，是一種利他主義（Altruism），比如母親為孩子犧牲、消防員冒險入火場救人，在人性的層面，是種美德。演化生物學家威廉・唐納・漢彌爾頓（William Donald Hamilton）提出，利他行為可以通過親屬選擇（Kin Selection）來解釋，即是親緣愈接近，利他行為愈會明顯。

可惜在現今社會中，無私變成了一種『道德綁架』，人們喜歡用罪惡感、羞恥感或是社會壓力，迫使他人變得『無私』，順從某種高尚的標準。

當『情緒勒索』來到極致，人們將不再願意用無私去對待別人，反而變得更自私。」

……

……

……

極端人性（Extreme Humanity）。

我們總是喜歡測試人類的極端人性。

比如「電車難題」，是否犧牲少數拯救多數？「囚徒困境」，是互相合作，還是互相背叛？「米爾格倫實驗」、「斯坦福監獄實驗」通通都在測試人性去到最極端時，會有什麼的反應與選擇。

最耳熟能詳的，就是「我跟你媽掉入海，你會救誰」？

這些非黑即白的回答，只能說是一種「極端人性」，其實，人性的灰色地帶比黑與白更寬敞更「多變」。

比如你對壞人好，就會讓壞人變好？不知道，但可肯定，你對好人壞，就會讓好人變壞。

無獨有偶，見苦他們三人，墮入了這個極端人性的陷阱之中。

是拯救？還是放棄？

是為了成為正義的人？還是不想成為邪惡的人？

是堅決放棄遊戲？還是繼續參加？

最後，他們選擇了……

……

…

兩星期後。

一架飛往新疆的包機上。

「嘿，沒想到你們還會繼續參加。」邪東在座位回頭看著他們：「反而那個最貪錢的岳隨歡竟然會退出。」

「我們不參加，不就你一個人無條件勝出遊戲？」見苦說。

「原來你介意我贏嗎？」邪東奸笑。

「你說我們參加，你不也是嗎？」浪牧說：「抑或你是他們的工作人員？」

「我當然有我自己的理由。」邪東說。

沒錯，他的「條件交換」達成協議，只要最後邪東能夠勝出遊戲，他就可以成為「上帝之源」的核心成員。

白蜜看著窗外的風景，回憶起他們選擇放棄後，再次參與的原因。

是道德綁架也好，是情緒勒索也好，他們三個人都沒法……袖手旁觀。

而且也是他們三個人一致達成的決定。

「沒想到，這麼快又要回新疆。」見苦說：「邪東，你知道要去哪裡？」

「新疆很大的呢，南部我很熟悉，不過北部我從來也沒去過。」

南疆和北疆以天山山脊線為界劃分，北疆地區，清朝時叫「準部」，就是維吾爾自治區天山以北的地區。

最後遊戲的地點，就是在烏魯木齊北面荒蕪的地帶。

那裡有一個「集中營」，隸屬於「上帝之源」，在那裡生活的人，大都會成為實驗品，被虐待、洗腦、清洗、強迫勞動、文化清洗、強制絕育等。

一切不人道的行為，每天都會發生，就如二戰時的奧斯威辛集中營。

那裡，就是別人稱呼的初代……

「**再教育集中營**」。

永遠說都是為你好的，其實是為了讓你更好控制。

GAME 13

最後遊戲 LAST GAME 2

飛機在一條私人的跑道降落，他們一行人被帶到車站，半小時後，他們終於來到了……

「再教育集中營」。

這裡的環境比想像中更惡劣，他們從大街一直走，沿途衣衫襤褸的人都用怪異的目光看著他們。

這裡的房屋由木頭搭建，而且一排排像監倉一樣伸延到看不到盡頭，也許連乾淨水也沒有，不可能想像「被迫」住在這樣的人，懷著什麼心情。

「比南部更差。」邪東也皺起眉頭。

此時，一個看似四、五孩的小女孩，走向了白蜜。

「姐姐，我很肚餓，有東西給我吃嗎？」赤腳的她連鞋也沒有。

她用小手捉住白蜜的裙子，裙子留下一個泥巴手印。

「姐姐沒有東西吃啊，我叫白蜜……」白蜜想一想，一個自己喜歡的名字：「不，叫我日奈姐姐吧，妳叫什麼名字？」

此時，一個女人連忙走了過來。

「對不起！對不起！」她不斷道歉，然後把小女孩抱走。

「沒事。」白蜜微笑說：「她只是問我有沒有東西吃。」

「妳們想做什麼？！」

另一個穿著制服的男人走向了她們，他拿著一支警棍。

「妳們想死嗎？操妳媽！」

男人向著手無寸鐵的女人揮棍，她用身體保護著小女孩，痛苦地大叫。

「停手！」見苦一手捉住男人的手臂。

「幾位大哥，我們只是管教一下她們。」男人說。

見苦鬆開了手，把他推開：「管教？誰要你管教？」

「對不起，我知道了。」男人用凶狠的眼神回看兩母女：「媽的！一會妳們就知死！」

浪牧走向了男人。

「我跟你說。」他一手抽起男人的衣領：「如果你要對她們怎樣，你將會有一個比她們更慘的下場。」

浪牧的眼神，比那個男人更凶狠。

「知道大哥！對不起！對不起！」男人連忙道歉。

「妳們別要怕，沒事的。」白蜜蹲了下來跟兩母女說。

女人沒有回答白蜜，立即把小女孩抱走，白蜜只能看著她們的背影。

小女孩回頭看了白蜜一眼，她的眼神充滿了痛苦與無奈。

從什麼時候開始，人類才學會「平等」？

在任何時代都沒有真正的平等，有天子就會有蒼生、有皇帝就會有蟻民、有老闆就會有社畜，有用暴力鎮壓的公僕，就會有沒法反抗的賤民。

權力懸殊的世界，在低下層生活的人，只能在恐懼之中度日，沒法看到自由的一天。

一輪騷亂以後，聚集的人群也散開。

「看來，我們沒有選擇錯。」浪牧說。

「對。」見苦看著四散的人群，他們的樣子充滿了恐懼：「我更加想贏出這次的遊戲了。」

白蜜也站了起來，看著面前一排排的木屋。

「他們沒有選擇……」白蜜的表情很堅定：「但是我們有！」

為什麼他們三人願意繼續參加人性遊戲？

因為遊戲的「勝利條件」。

在他們拒絕參加的三日後，黑蜜提出了新的勝利條件。

一、一千萬的獎金加一倍。

二、不會讓他們互相傷害。

三、不會有任何懲罰。

而第四點，才是他們真正參加的原因。

除了以上條件外，還有……

四、解放集中營十二萬人。

世界永遠也是，窮人守規矩，富人訂規則。

在整個集中營的中央位置，出現了一間完全格格不入的巨大「商店」。

玩具反斗城。

面積比香港任何一間反斗城更大，放滿了不同種類的玩具，當然這是「複製品」。是不是很諷刺？在這窮得只能吃樹皮的地方，竟然有一間華麗的兒童玩具店，有冷氣、有電視播放著卡通片，當然少不了形形色色的玩具。

Toy Story、白雪公主、Barbie、芝麻街、層層疊、大富翁、UNO、高達、魔動王、魔神英雄傳、四驅車、電動釣魚機、企鵝爬樓梯等等，琳瑯滿目，應有盡有。

生活在外面數千數萬個小孩，從來沒有進入過這間反斗城，這裡只屬於一個人……小郎。

開設玩具反斗城，絕對是小郎的主意。

「雲端」思考系統，仍然在最初發展的階段，阮生雖然可以共享小郎的身體，但還未完成100%入侵，在小郎的腦海中，還保留著「童真」，這份童真反過來會影響阮生，所以開設了這間玩具反斗城。

更詭異的是，在反斗城另一邊出口的落地玻璃處，有一條橋連接著另一個小島，橋上的中央有哨站，而島上有一間由鐵皮搭成的巨型貨倉。

這反斗城，將會是他們進行最後遊戲的場地。

見苦四人走進了反斗城，等待著他們的對手。

「媽的，這個組織真的是瘋了，竟然在這裡建造了一間玩具反斗城。」邪東拿起了一個巴斯光年玩具：「不知道當時要死幾多人，才可以建造完成。」

從前有秦始皇建造陵墓不知幾多人陪葬，現在有小郎建造玩具反斗城，不知犧牲了多少新疆的居民。

「無論如何，也要幫助這裡的人。」浪牧看著遠處的鐵皮貨倉。

「哈！看來我大概知道你們繼續參加遊戲的原因了。」邪東說。

「邪東，我不知道也不管你參加遊戲的原因是什麼，雖然我們的想法不同，不過，這次我們要互相合作。」見苦說。

「合作？嘿，你騙過我，我怎敢相信你？」邪東反問。

此時，白蜜走到邪東的面前。

「在荔園你救過我一次，我知道你不是這麼壞。」白蜜坦白說出自己想法：「希望你相信我們。」

邪東人生中，第一次真正聽到別人說自己「不太壞」，奇怪地，他心中有一點的喜悅。

「妳看錯我了，嘰嘰。」他說完轉身走。

邪東沒有再跟他們糾纏，他走到一旁坐下，身後放滿了各式各樣的Jenny公仔。

不久，他們的對手終於出場。

緣黑蜜與源浪悅，還有他們三人從來沒見過的白頭佬，這個直屬阮生的男人。

「HI！很久不見了！」

當然少不了他。

小郎跟他們三人打招呼。

他們真正再次見面了。

窮人談夢想被取笑，富人說廢話被尊敬。

「我應該叫你小郎，還是阮生？」見苦問。

「當然是小郎啊！哈哈！」小郎走到他們三人的面前：「因為你們認識的是小郎。」

見苦一手捉住小郎的頸！

「比起當天想替你報仇，我現在更想殺死你！」見苦加力，小郎的表情痛苦。

「請你放手，不然，你將會害死更多人。」黑蜜也走了過來。

見苦鬆開了手，小郎用一個凶狠的眼神看著他，見苦從來沒看過一個小孩會有這樣的眼神。

「黑蜜，我最後一次問你。」白蜜說：「別要幫助他們，可以嗎？」

「姐，你就當我是一個妳不認識的人吧。」

「媽媽呢？媽媽還在醫院！她絕對不想你變成現在這樣！」白蜜激動地說。

「我不是說過了嗎？現在這個才是真正的我。」黑蜜說：「我真正的人格。」

「白蜜毋須再勸他。」浪牧把白蜜拉回身邊，然後他看著自己的妹妹：「悅，無論怎樣，我也沒有怪妳，也沒有憎恨妳。」

「我才不理會你是不是憎恨我！」浪悅高聲說：「你就留在那個賤女人身邊吧！」

她看著白蜜，一個好像搶走自己哥哥的女生。

「白頭佬，我們好像被忽視了。」邪東站了起來。

白頭男人苦笑：「別忘記是我帶你加入這個遊戲。」

「然後我就可以親手打敗你。」邪東走到他身前：「你們別要忘記，我繼續參加遊戲的原因。」

他們就如當天第一次見面，在新疆醫院洗手間內互相對望著。

「你們他媽的說夠了嗎？」邪東說：「快開始遊戲吧！」

邪東說完，在玩具反斗城的天花板降下了兩個大螢幕。

螢幕出現了最受歡迎APPER排行榜，不，更正確的是，投注額最高的APPER排行榜，這麼多個遊戲後，現在第一位是……山邪東！

然後，兩塊螢幕出現了兩大陣營。

參賽方APPER VS主辦方APPER。

天使組：初見苦、源浪牧、緣白蜜、山邪東

惡魔組：楊友郎、緣黑蜜、源浪悅、白頭佬

出現「開始投注」的選項。

數字不斷上升，最初勢均力敵，不過慢慢開始主辦方更多人投注，賠率來到 1.71，而參賽方上升到 2.15。

「可能你們覺得我們自己參加遊戲會不公平。」黑蜜說：「其實才沒有這回事，我設計的遊戲，是最注重公平的。」

投注畫面轉成了「THE LAST GAME」，還放出了煙花。

強勁的音樂節奏，加上現場的燈光，就像來到了舞會一樣，戴著巴斯光年面具的人，不知從哪裡走出來，載歌載舞。

白蜜此時才發現，反斗城門外站著這裡的居民，他們好像從來沒看過這麼熱鬧一樣，不過，在他們的臉上沒找到一點快樂。

還充滿了痛苦。

最快樂的，反而是那些正在看直播的有錢人。

錢對他們來說，只是娛樂，而對那些居民來說，就是生存。

「最後一場遊戲，名為……」黑蜜打開了雙手：「**過橋遊戲**。」

富人犯錯只因心累，窮人犯錯就是原罪。

「過橋遊戲，顧名思義就是從這裡走過橋，經過檢查站，我們兩組人要把某東西運過對岸的鐵皮貨倉。」黑蜜開始解釋，指著反斗城的落地玻璃外：「而運送的東西就是……毒藥與解藥。」

大螢光幕上出現了新的畫面，同時，在外面的居民開始起哄！

「求求你救救他們！」

「救救我們的孩子！」

有些居民甚至是跪地合十雙手請求！同一時間，那些穿著制服的人開始驅散民眾，他們手上的警棍，不分男女狠狠地攻擊！

「快叫他們停手！」見苦大叫：「不然，我們不再參加遊戲！」

小郎笑了一聲，做了一個手勢，在外的制服人員立即停止了暴力行為。

為什麼那些居民會跪地請求？還大叫救救他們的孩子？

已經不用猜想，大螢幕的畫面中，出現了鐵皮貨倉內的情況，室內有二百個六歲以下的兒童，他們臉上沒流露正常小孩的童真，只有跟父母分開的驚恐。

「小姐！救救美兒！美兒！」

那個在大街遇上的女人，在門外向著白蜜大叫，不難想到，那個女孩也被關在貨倉之內！很快，這個滿眼絕望的女人已經被拉走，白蜜只能緊握拳頭看著她離開。

「貨倉內有二百個六歲以下的小孩，他們都吃了一種特殊的食物，只要喝下運輸的毒藥，他們就會被毒死，相反的，如果喝下了解藥，他們就會得救。」黑蜜繼續說。

「遊戲進行十個回合，兩組各有五十瓶毒藥與解藥，總共一百瓶。分別以梅花間竹輪流運送藥物過橋，每回合最多運十瓶，當然可以運毒藥，也可以運解藥，但只能選擇一種，不能混合。當藥到達貨倉會有人接收，然後給小孩喝下。勝利條件很簡單：被毒死的小孩比較多，就是惡魔組勝出；反之，喝下解藥被拯救的小孩更多，就是天使組勝出。最後，勝出的一組可以決定餘下在倉庫內的小孩命運，決定是毒死，還是放生處置。」

如果是惡魔組勝出，不只是遊戲過程中會有小孩死去，他們會把剩下的兒童全部毒死！

「黑蜜，你們竟然利用小孩？！我不想參加！」白蜜反抗。

小郎走了上前。

「如果你們真的想退出也沒問題啊，二百個孩子也會喝下毒藥死亡，而且這裡十二萬人不會被解放。」

小郎真正想表達的是，他可以阻止門外的人毆打居民，同時，他也可以毒殺二百個孩子。

他……掌握著一切。

他繼續笑著說：「我們兌現了承諾，不會讓你們自相殘殺，也不會有任何懲罰，而且只要你們勝出就可以拯救這裡的居民，獎金都會增加兩倍，你們還覺得不夠嗎？」

白蜜沒法反駁，浪牧輕輕捉住她的手臂，在她耳邊說：「別要衝動。」

見苦也跟她點點頭。

「如果沒問題，我繼續說明。」黑蜜說：「不能連續派重複的參加者出賽，卻可以隔一回合再出場，這樣保證全部人也可以參與遊戲。運送藥物過橋時，會有一個檢查站，雙方各派任何一人進行檢查，五分鐘的對話時間，檢查人員可以選擇『攔截』，還是給他『通過』，然後會出現四個情況。」

大螢幕出現四個情況。

一、如果「攔截」的是毒藥，就會變成解藥；

二、如果「攔截」的是解藥，就會變成毒藥。

三、如果「通過」的是解藥，就會變成雙倍的解藥；

四、如果「通過」的是毒藥，就會變成雙倍的毒藥。

「如果出現了雙倍的情況，我們在檢查站有更多的藥水可以提供，無論是毒藥還是解藥，亦會有人員把藥從檢查站送到貨倉。」黑蜜繼續解釋：「同樣的，如果是由毒藥變成解藥、解藥變成毒藥，我們都可以轉換。」

過橋的不是「人」，而是「藥」。

「另外，兩組人都有三款卡牌，鎖定卡、三倍卡、真話卡，每款有一張，而每一次只可以出一張，分別用途是……」

另一邊螢光幕出現了新的資訊。

一、**「鎖定卡」，鎖定對方是「攔截」或「通過」；**

二、**「三倍卡」，運輸藥水提升三倍，使用此卡可乘大三倍的數目；**

三、**「真話卡」，對方一定要說真話，不能說謊。**

「有一點要注意，如果雙方在同一回合出卡牌，就會抵銷卡牌的用途。公平起見，不能讓對方知道有沒有出卡牌，大家只需要在藥物房內把卡牌放在指定的地方，電腦就會感應到該組人是否有出卡牌及出哪一張卡牌。」黑蜜說：「要小心使用這三張卡牌，也許是逆轉勝的關鍵。」

「遊戲會在十回合後結束，然後計算死亡與被拯救兒童的數目，哪一組比較多，就會成為最後在人性遊戲勝出的 APPER。」

當邪惡成為習慣，善良就開始腐爛。

「這是一場公平的遊戲，關鍵就是運送藥物時的選擇與檢查人員即場發揮。」黑蜜說：「如果你們勝出，就可以解放這裡十二萬居民，他們會得到自由，當然，還有在鐵皮貨倉內的二百個小孩。相反，如果你們輸掉，你們不會有任何懲罰，只有在貨倉的小孩會被毒死。」

什麼叫「只有」在貨倉的小孩會被毒死？

被毒死的小孩一個也嫌多！不過，在黑蜜的想法中，遊戲的「最大得益」反而是偏向白蜜一方，因為⋯⋯

「死也是最多死二百個小孩，但贏出了可以拯救十二萬人」。

「這次不會有任何提示，因為是公平的遊戲。」黑蜜說。

「我來補充一點啊！請放心，我們絕不會反悔啊！」小郎說：「解放的意思，就是『上帝之源』不會再把這裡設為集中營，不會有任何人體實驗，而且會投入資金讓這裡的居民擁有屬於自己的正常生活與自由。這樣你們也決定不參加遊戲嗎？不去拯救他們嗎？」

沒錯，就是這種「情緒勒索」讓白蜜他們沒法⋯⋯袖手旁觀。

他們三人沒有反駁。

出。

遊戲簡單來說，就是惡魔組要想辦法毒死更多小孩，而天使組要拯救更多小孩，才可以勝出。

「現在給你們一小時的討論時間。」黑蜜說：「玩具反斗城分成兩邊，兩組各自有一間藥物房放著一瓶瓶的藥物，遊戲開始後，每次只可以一個人進入，現在你們可以先去看看。」

在 Toy Story 的貨架後，有一道門，就是他說的藥物房。

他們三人沒有立即走入藥物房，商量過後，第一件事是走向邪東。

「我們要好好合作，才能贏出這次遊戲。」白蜜跟他說：「我知道你未必很在乎那些小孩，不過……」

「不用多說了，我也有要贏出的理由，嘿。」邪東奸笑：「我就跟你們合作吧。」

「現在我們先去看看藥物房。」浪牧說。

他們四人走進了藥物房，很明顯，「藥物房」只是名稱，本來是一個洗手間，廁格與洗手盆都在，水龍頭還在滴水。不過，正中央放著一張長桌子，桌子整齊地放滿了一百瓶藥水。

一百瓶用可樂膠樽裝著的藥水，藥水分成透明的「解藥」與黑色的「毒藥」，各自有五十瓶。

見苦打開了其中一樽「解藥」的樽蓋，聞了一下，無色無味，就像普通的水一樣。

在桌子旁邊，還有一個黑色的背囊，可以把藥水放進去運走。

浪牧嘗試把十瓶藥水放進去，還有一些空間，綽綽有餘。

「還有一個小時，我們先討論運送計劃。」浪牧說：「還有運輸的數目與檢查人員的安排。」

「等等。」邪東看著四周：「先看看這裡有沒有在偷拍的攝影機。」

見苦與浪牧對望了一眼，邪東的確說得沒錯，他們忽略了這一點。

此時，白蜜伸出了手：「這次不再是我們三人，是四個人！」

見苦與浪牧把手疊在她的手背上，然後他們一起看著邪東。

「媽的，要這麼老套嗎？」邪東搖頭。

他們三個一起看著他，眼神堅定。

「好吧好吧！老子是跟你們一伙的！」邪東也把手放上手背。

「我們一定要拯救那些小孩！」白蜜說：「我們是最強的組合！」

「我……我要給你們反應嗎？」邪東問。

「不用，只要你幫我們贏出遊戲就可以！」見苦自信地笑說。

除了烏賊，邪東從來也沒感受過什麼是「友情」，這次，他感受到了。

同時，他……奸笑了。

最深的傷，總是來自最熟的手。

GAME 13

最後遊戲 LAST GAME 7

另一邊的藥物房。

「沒有安裝針孔攝影機？」白頭佬問。

「沒有。」黑蜜說。

「偷聽器之類的？」

「也沒有。」黑蜜說：「我想要一場公平的遊戲。」

「阮生……不，小郎。」白頭佬看著他：「就讓他擅作主張？他設計的遊戲不應該是要對我們有利？」

「我全權交給他。」小郎笑說。

「白頭先生。」黑蜜說：「雖然我們沒有任何偷錄與竊聽工具，不過，這次的遊戲對我們有『極大的優勢』。」

「是嗎？我就看看你們表演了。」白頭佬看著浪悅：「妳也要好好幹，我不想敗在妳的手上。」

「你是在少看我嗎？」浪悅表情生氣：「你先顧好你自己！」

「啊？投注額已經突破兩億！」小郎看著手上的平板電腦。

當年還未有平板電腦，但小郎已經比別人更早研發出來。

「已經來到最後的遊戲，是最後機會，他們一定會瘋狂投注。」黑蜜說。

「這次沒有血腥的畫面，他們會接受？」白頭佬問。

「不，將會比血腥畫面更『好看』。」黑蜜說：「而且血腥的看得多也會厭吧。」

「OKOK！」白頭佬坐在一張椅子上雙手放在後腦：「我就相信你！」

「這次的遊戲，一定會非常精彩！」

……

…

.

回到白蜜這邊。

三十分鐘後，沒找到任何偷拍的鏡頭與竊聽工具，他們開始討論。

「首先分析一下『攔截』與『通過』的利弊。」浪牧說：「簡單來說，『攔截』就是把毒藥轉為解藥、解藥轉為毒藥，是『轉換』；而『通過』就是把報酬『加倍』，相反就是懲罰『加倍』，我們一定要好好利用這兩點。」

「攔截」是轉換，「通過」是加倍。

「即是說，只要我們能夠欺騙他們，就可以把毒藥變成解藥。」白蜜在思考：「我們兩組人一共有二百瓶藥水，就可以救活全部孩子。」

「妳也想得太美了。」邪東狠狠打擊她：「相反地，他們也可以毒死全部二百個孩子。」

他沒有說錯，的確是這樣。

「我們也可以用『通過』加倍運送解藥的數目。」見苦想了一想：「檢查人員會是非常的關鍵。」

「檢查人員要怎樣安排？」白蜜問。

「我覺得先看對方會派什麼人運送再決定。」浪牧點點頭。

「還有這三張卡。」邪東拿了起來。

「鎖定卡」、「三倍卡」、「真話卡」。

「最初先不使用，因為未知道隨著時間，遊戲會有什麼變化。」浪牧說：「卡牌可能是我們的王牌。」

其他人也同意。

他們繼續討論著不同的處境與情況，希望可以在遊戲前做足準備，當中的細節也要在計算之內。

很快，已經來到遊戲前五分鐘。

「如果第一回合由我們先開始過橋運送，我想我們先測試一下。」白蜜說：「由我來運送。」

「沒問題。」

白蜜把一瓶解藥放入了背囊：「我們先以一瓶測試一下，如何？」

他們三人也同意。

「好吧！」白蜜拍拍背囊：「美兒別怕，我們要來救你們了！」

時間讓每個人都改變，學會偽裝得更有體面。

準備時間一小時過去。

他們以擲毫來決定先後，被白蜜說中，他們首先出發運輸。

螢幕畫面一個對著木橋，另一個畫面是倉庫內的小孩，他們靜靜地坐在地上休息，沒有任何的表情。

他們不知道，「天使」與「惡魔」即將到來。

畫面中出現了天使與惡魔的卡通公仔，他們代表了邪惡與正義的對決。

「第一回合正式開始，ENJOY THE GAME！」

天使組先由白蜜成為運輸隊員。

全部人都坐在反斗城的兩邊，只有白蜜走進了藥物房，不久，她背著背囊出來。

根據天使組的計劃，她的背囊中只有一瓶解藥。

「要小心。」見苦說。

「有什麼不妥立即回來。」浪牧說。

白蜜跟他們點點頭，然後向著橋樑進發，她首先走出了落地玻璃，微風拍打在她臉上，彷彿跟她打氣一樣。

她一直向著橋中心的檢查站走，惡魔組已經有一個人等待她。

她是黑蜜。

白蜜走進檢查站，有一個戴著巴斯光年面具的員工，而上方的時鐘立即倒數。

「黑蜜！」白蜜大叫他的名字。

他們坐在一張正方形桌的兩邊，白蜜把背囊放在桌面上。

「姐，看來妳走得很輕鬆。」黑蜜沒有表情地說：「攜帶的數目應該不多。」

白蜜被發現了這一點，有點錯愕。

沒錯，她現在才想到，應該要扮成很重的感覺誤導對方。

「別叫我姐！你不是說過，你已經不是我認識的黑蜜？」白蜜生氣地說：「如果媽媽知道你變成現在這樣，她……」

「跟她說吧，她病情應該會惡化。」黑蜜說：「老實說，如果她走了，妳反而沒這麼多負擔。」

「你……」白蜜沒想到黑蜜會變得如此絕情：「是媽媽一手養大我們兩個！」

「我可以選擇不出生嗎？」黑蜜突然問：「我可以選擇不是現在的人格嗎？」

白蜜泛起了淚光。

「她生我們出來當然要養大我們，不過，這也不是我的選擇。」黑蜜說：「成為妳的弟弟，同樣也不是我的選擇，我為什麼要因為妳的說話而內疚？」

已經不知第幾次，白蜜再次覺得面前這個男生，變得非常的陌生，她已經……心死了。

「你是帶了……解藥吧？」黑蜜說。

被說中後，白蜜的表情顯然有些不自然。

「我才不會告訴你！」白蜜說。

「攔截。」

不用五分鐘，黑蜜已經決定了。

「姐，就讓我繼續叫妳姐吧，我還是改不了口。」黑蜜身體傾前：「妳的表情已經出賣了妳，或者，妳將會累死很多的小孩。」

白蜜瞪大雙眼看著他。

經過確認答案以後，巴斯光年把白蜜的背包拉鍊拉開，拿出了一瓶……解藥。

「攔截」了解藥，就會變成……毒藥。

「你們一定會想，先嘗試一回合，所以不會拿太多的藥，而且你們一定會先拿解藥，因為如果你拿的是毒藥，而又被我『通過』，就會變成雙倍毒藥，你們才不會想親手毒死孩子呢。」黑蜜說。

完全被說中！

終於知道，黑蜜所說的「極大的優勢」是什麼。

就是天使組「不想毒死孩子」，他們會對毒藥有所避忌，如果出現這種心理影響，將會大大地失去優勢，直至最後完全被看穿！

巴斯光年從檢查站內的大箱子中，拿出了一瓶黑色的毒藥，把白蜜那瓶透明的解藥交換，然後交給了檢查站外的另外一個巴斯光年面具人。

他要把「毒藥」送去鐵皮貨倉！

人性之惡不只在於作惡，而在於作惡時仍能自認為善。

玩具反斗城內。

他們聽不到檢查站的對話內容，卻在畫面上看到檢查站內的情況。

螢光幕出現了一個生存表。

第一回合生存表：

過橋遊戲

<table>
<tr><th>第一回合</th><th>毒藥數目</th><th>解藥數目</th><th>死亡兒童數目</th><th>拯救兒童數目</th><th>餘下兒童數目</th></tr>
<tr><td>天使組</td><td>50</td><td>49</td><td rowspan="2">1</td><td rowspan="2">0</td><td rowspan="2">199</td></tr>
<tr><td>惡魔組</td><td>50</td><td>50</td></tr>
</table>

很快，畫面轉到了倉庫，大門打開，光線令昏暗環境中的小孩沒法直視。

幾個巴斯光年人隨手就抽起了其中一個女孩，女孩在痛苦掙扎，可惜力氣太少，只能被帶走。

他們來到了倉庫的另一個房間。

「喝下它。」巴斯光年說。

「這是什麼？」女孩問。

「就是可樂，很好喝，喝吧。」

女孩看著瓶中黑色的液體，她打開了樽蓋，然後喝了一口。

「是甜的啊！」她高興地說。

「沒錯，都說是可樂，快喝吧。」

女孩不以為意，已經有多久沒喝過甜的飲品呢？她高興地仰起頭，一口氣將樽中黑色液體灌入口中。

不到數秒，女孩感覺到身體內就如被千萬隻蟲咬一樣痛苦！她瞪大雙眼，血絲迅速在眼白中蔓延，如同細密裂開的蜘蛛網！

「**呀！**」

她抵擋不住痛苦，整個人在地上打滾！發出了痛苦的哭聲！女孩已經沒法控制自己，全身抽搐！

看到讓人心寒與心痛的抽搐！

她就只有六歲！

他們說比血腥更可怕的畫面，就是手無寸鐵的孩子，被活活地毒死！看到女孩的痛苦，就是那些有錢人最大的娛樂！

不久，女孩的口中開始吐出鮮血，染滿她的衣服，女孩痛苦得用手抓破自己的面頰，同時發出了不似五、六歲女孩可以發出的恐怖叫聲！

她的痛苦沒有因為叫聲而停止，開始七孔流血，染紅了地面！畫出一道詭異而扭曲的血紋！

最後，女孩小小的身體抽搐了幾下，一切動作停止，死寂地躺在血泊之中，只剩下一張鮮血覆蓋，驚恐定格的稚嫩臉龐。

空氣中瀰漫著腐朽與血的氣味，彷彿連時間都為這場慘劇凝固一樣。

人性中，有惻隱之心，沒有一個人看到這樣的畫面而不難過心痛。

不，不是「沒有人」，在惡魔組中，就有兩個人對女孩的慘死，完全沒有感覺。

一個是在檢查站中的黑蜜，而另一個就是小郎。

檢查站內。

螢光幕也出現了女孩被毒死的畫面。

白蜜用手掩著雙耳，她全身在抖顫，只能低下頭，看到早前美兒用小手捉住自己裙子留下的泥巴手印。

眼淚已經不禁流下，她沒法拯救這些兒童，現在更變成了……

「姐，妳現在是殺人兇手。」黑蜜說：「是妳沒想清楚就害死了一個女孩。」

黑蜜說完後離開了檢查站，最後他回頭說。

「不過，其實妳不用內疚，因為那些小孩都只是遊戲中的棋子罷了。」

沒有惻隱之心的人，對於別人來說，就不是一個「完整」的人；不過，對於黑蜜來說，「同理心」根本一點都不重要，只是多餘的人性。

白蜜緩緩地抬起了頭，也離開了檢查站。

本來在橋上拍打自己臉頰的風，已經不是在鼓勵她，而是在懲罰她一樣。

「白蜜，妳還可以繼續下去嗎？」她問自己。

她回頭看著鐵皮貨倉，眼淚就在空中飄過。

「我們真的可以……打敗邪惡嗎？」

當惡被制度化，善良就變成一種罪。

時間沒有為死去的女孩而停止，很快，第二回合再次開始。這次是由惡魔組運送藥物，天使組進入檢查站。

每回合之間有十分鐘的討論時間。

白蜜回來後，見苦與浪牧都在安慰她，強調不是她害死那個女孩。

「現實就是，我們沒法拯救全部的孩子。」見苦說出了重點：「但能夠盡量拯救更多。」

的確，在現實的社會中，誰不想「貧富懸殊」不存在？但只要有人類的世界，就會有犧牲某一樣東西而得到另一樣東西，比如有人要餓死，就會有人因別人餓死而可以大魚大肉，我們沒法拯救所有人。

白蜜點點頭：「我明白。」

「第二回合由我來做檢查人員。」浪牧緊握拳頭：「我一定可以讓解藥送到孩子手上。」

「不，由我來！」邪東說。

他指著惡魔組的那邊，他們很快已經派出了白頭佬運送藥物，不像天使組一樣需要討論。

「那個白頭佬由我來對付。」邪東看著他的背包：「如何？」

他們三人互望，然後點頭。

「你要把他打敗，拯救更多的孩子！」見苦說。

「當然，嘰嘰！我一定能夠看出他是否說謊！」邪東自信地說。

第二回合開始。

白頭佬一早已經在檢查站等待。

「你們真的很慢，我快要睡著了。」他扮打呵欠。

「不想等就直接告訴我你的背囊裝著什麼，然後走吧。」邪東坐到他的對面。

「我就知道是你來攔截我。」白頭佬說。

「啊？為什麼你會說是『攔截』？不會是『通過』嗎？」邪東看著他的表情。

「你要捉字虱嗎？」白頭佬說：「別忘記當初是誰帶你進入人性遊戲。」

「你意思是你把我帶入這他媽的遊戲，然後當我是垃圾棄子？」邪東看著背囊說。

「別多說了，要『攔截』還是『通過』？」白頭佬問。

他的表情沒有露出任何破綻，成為阮生的直屬手下，當然不會這麼容易被看穿。

「看來很重吧？」邪東說：「應該帶了很多藥水。」

「我也可以放其他東西進去背囊，誤導你。」白頭佬不慌不忙地說。

「媽的，還有時間，讓我再想想。」邪東說：「啊？我想你帶的是毒藥。」

「你怎知道呢？」

「因為你們想盡快毒死更多兒童！我明白你們的心理！」

怎說邪東也是同類人吧，他當然了解「惡魔的想法」。

同一時間，大螢幕上出現了他們兩個的博弈畫面。

反斗城內。

「你們看。」浪牧一直在觀察著白頭佬的反應：「他的手指一直在敲打桌面。」

「他在掩飾自己的緊張？」見苦說。

「的確，在那個環境會非常緊張。」白蜜呼出一口大氣說：「是邪東猜中他的想法嗎？」

他們繼續留意檢查站內的情況。

跟浪牧不同的，見苦留意的卻是……邪東。

他心中還是懷疑邪東是否真的會跟他們合作，現在，邪東只不過是一個掛上天使翅膀的惡魔，他的內心，絕對不會是想拯救那些孩子。

最後一分鐘，他看到邪東在隱約地奸笑，沒留意他的人根本看不出來。

第二回合在檢查站內的對話結束。

檢查站內。

邪東大聲地說。

「通過！」邪東改變了他本來攔截的想法：「你欺騙不了我！」

我們誤會了道德的出現，它只是強者劃下的界線。

白頭佬的表情終於出現變化，他的自信突然全部消失！

「嘰嘰嘰！你想問為什麼我會改變你會運毒藥的想法？」邪東指著他的手指：「當我說你運送的是『毒藥』時，你的手指完全沒有改變敲打桌面的速度與節奏，因為我估錯了，正合你意！」

白頭佬比剛才更快地敲打桌面。

「你看你看！現在你緊張了，因為……我說對了！」

巴斯光年面具人把他的背囊打開……

「十支解藥，因為選擇『通過』，將會變成雙倍二十支解藥。」

人體的「小動作」會因為自己太過習慣而不會為意，就因為這樣，反而會被對方更容易發現，這次邪東略勝一籌！

「媽的……」白頭佬低下了頭。

「下次我運送藥物時，我最想就是見到你，嘰嘰！」邪東站了起來：「因為我已經**完**、**全**、**看**、**穿**、**了**、**你**！」

誰也沒想到同樣邪惡的邪東，竟然一次過拯救了二十個小孩！在反斗城的三人振臂高呼，尤其是白蜜，邪東的勝利，就如給她第一回合失敗的救贖。

很快，畫面已經來到了鐵皮貨倉，巴斯光年帶上了二十支解藥，然後帶二十個孩子到房間去，讓他們喝下。

黑蜜沒有食言，孩子喝下後沒有任何不良的反應，而且二十個小孩立即被釋放。

邪東趾高氣揚地回到反斗城。

「邪東！」白蜜高興得擁抱著他：「你果然沒有欺騙我們！你拯救了二十個小孩！」

「哈哈！當然！」邪東帶點尷尬。

他開始說明在調查站內，看到白頭佬的小動作，才會改變想法。

「我也在螢幕上留意到。」浪牧說：「不錯，這是個好開始！」

「現在還有一百七十九個小孩。」見苦說。

他們一起看著螢光幕的生存表。

第二回合生存表：

過橋遊戲

第二回合	天使組	惡魔組
毒藥數目	50	50
解藥數目	49	40
死亡兒童數目	1	
拯救兒童數目	20	
餘下兒童數目	179	

「下一回合由我來運送。」浪牧背對著惡魔組：「這次我想用『鎖定卡』，再救二十個兒童。」

「很好。」見苦托著腮說：「不過如果他們也出卡牌，就會抵銷卡牌的用途。」

「不，我覺得他們出牌的機會率少於兩成，因為未摸索好遊戲，更正確來說是未摸索好我們的想法，未必會先出牌。」浪牧分析：「我們就趁這機會先出牌。」

「那不如出『三倍卡』？」白蜜說。

「『三倍卡』未必安全，但『鎖定卡』九成安全。」見苦說：「而且『三倍卡』可能會逆轉局勢，應該留在後面才用。」

「我明白了。」

他們三人一起看著邪東。

「沒問題，你們決定吧！」邪東雙手放在後腦悠閒地說：「我沒所謂！」

「就這樣決定。」

然後，浪牧走進了藥物房，把十瓶解藥放入背囊。

他再次組織一下自己的計劃，始終關乎十個小孩的性命，浪牧不能輕率。

首先他出「鎖定卡」，鎖定惡魔組「通過」，然後他手上的十瓶解藥就會變成二十瓶，多拯救十個兒童。

「鎖定卡」不能說是必勝，因為如果對方也出卡牌，就會失效，不過，遊戲還需要很多回合，現在只是第三回合，對方大致上不會出牌。

「沒問題。」浪牧給自己打氣。

然後他把一張「鎖定卡」放在指定的卡槽之上，出現了藍燈確認。

他走出藥物房，跟他們點頭表示「沒問題」，之後浪牧走過橋樑來到了檢查站，比他更早到的，是他的妹妹浪悅。

兩兄妹終於可以好好坐下來面對面交談。

很多人遵守規則，不是出於信念，而是怕被懲罰。

檢查站內，氣氛有點詭異，沒有任何人說話，直至過了一分鐘，浪牧終於說話。

「悅，我不知道妳為什麼要這樣做，我只想對妳說……」浪牧眼神悲傷：「我很擔心妳，直至知道你沒有生命危險，我才放心下來。」

「我才不會有生命危險！黑蜜對我很好！」浪悅說。

「你們才十六歲，妳真的知道什麼是對妳好？」

「我比你更清楚！我很愛他，為他做什麼也願意！」

「甚至是殺死貨倉內的小孩？」浪牧指著遠方的鐵皮貨倉，語氣堅定：「什麼才是對？什麼才是錯？妳真的知道嗎？」

「別要再教導我！」浪悅大聲地說：「別要像爸爸一樣教導我！說什麼『要成為世界上前1%的人類』！我才不想這樣做！」

「不想這樣做也不用摧毀整個家庭吧？妳知道爸爸其實不是自殺嗎？」

「別再說了！爸爸他是應得的！」浪悅生氣地說：「只有五分鐘，我不想再聽你說教！」

「悅。」浪牧平靜地說：「那些小孩是無辜的，無辜的……」

沒有下一句，浪牧沒有說下去，浪悅本來想反駁他，卻不知道說什麼。

浪牧發現了浪悅臉上露出了憐憫的神情。

「天使組放入了『鎖定卡』，所以你決定惡魔組要『通過』還是『攔截』？」巴斯光年問。

「通過。」浪牧說。

巴斯光年沒有說下去，然後……

浪牧看到了浪悅的表情，由憐憫變成了奸險！

「非常抱歉，惡魔組同時也放出了『真話卡』，即是說雙方卡牌抵銷無效。」巴斯光年說。

「什麼？！」浪牧非常驚訝。

「哥，你說小孩是無辜的嗎？但你現在親手殺了十個小孩！」

浪牧從來也沒見過浪悅這一個恐怖表情，一個……看著別人死活不顧的表情！

「我決定『攔截』！」浪悅大叫。

為什麼她會同樣的出牌？機會率太低了！而且還是三張牌中最沒用處的卡牌！

巴斯光年打開了背囊，是十瓶解藥：「因為『攔截』了十瓶解藥，現在變成了十瓶毒藥。」

「不可能！你們不可能知道我們出卡牌，然後又同時出卡牌！」浪牧帶點生氣。

「為什麼不可能？哥，是你太自信了！」浪悅態度囂張。

「悅，不要這樣！妳剛才也看到那個小女孩是怎樣死的！」浪牧站了起來：「不要攔截！」

「呵呵！你在求我嗎？」浪悅說。

「對！就當我求妳！」浪牧從來也沒請求過自己的妹妹：「放過那十個小孩！」

「你求我也沒用。」浪悅嘴角翹起：「因為……**我、不、在、乎、他、們、的、死、活！**」

浪牧沒法再說下去，他呆了一樣看著自己的親生妹妹……

一個變得完全陌生的妹妹……

一個為了深愛的人，變得比毒蛇更狠毒的妹妹！

「黑蜜有話想跟你說。」浪悅笑說：「他跟小郎已經能夠……**看穿你們的心！**」

說完後浪悅轉頭離開，巴斯光年也開始他的工作，就只有浪牧呆了一樣看著浪悅的背影。

這次……

將會有十個小孩喝下毒藥痛苦地死去！

你說這是病態，她卻覺得這才是最純粹的愛情。

鐵皮貨倉內。

十個孩子，年紀最小的四歲，像行刑一樣，一排站在場邊，看著手中那一瓶黑色的「糖水」。

「喝下去，就能變得更乖。」一個女的巴斯光年面具人說，語氣溫柔。

孩子們毫無懷疑，一個接一個仰頭將液體吞下口中。

最初是沉默，不到十秒，整個房間陷入了扭曲的慘叫與血腥的混亂之中！

一個女孩口吐濃稠的黑血，跪倒在地，用力地敲打牆壁，她的眼珠已經凸出，一道血絲從眼眶崩裂！

另一個男孩開始七孔流血，鮮血從耳朵和眼睛中爆濺出來，沾滿他稚嫩的臉頰，他仰天嘶吼，嗓音撕破！

有小孩在地上翻滾，抽搐如發狂的魚，他痛苦得用手狂抓地板，同時他指甲一片一片撕落，形成了一條條的血痕！

年紀最大只有六歲的男孩，試圖逃跑，卻因癱瘓而倒地！臉撞上地板時，牙齒整排斷裂，吐出鮮血與牙齒！

鮮血，很快鋪滿了整個房間……

紅色的、深紅的、發黑的血水、滲著泡沫的，各種毒液混著體液與鮮血，在地板上交織成一幅惡夢般的圖騰！

十個孩子一個接一個倒下，最後全部停止了掙扎。

有的眼睛大睜，有的血流不止，有的身軀扭曲如麻花，還有兩個因為毒藥的副作用，滿臉爛瘡皮膚潰爛，如同地獄畫中的兒童！

空氣中，彷彿殘留著孩子最後一聲驚恐的喊叫，在腐爛與血腥的氣味中……

久久不散。

……

…

·

反斗城裡，音量調到最高，十個孩子的痛苦慘叫聲在迴盪，比恐怖電影更可怕、動物殘殺更血腥，直至……全場進入了死寂之中。

「不錯。」

只有小郎坐在一架兒童單車上，表情沒有半點的憐憫與痛苦，他這個不在乎的表情，比起高興大笑更可怕。

同時，大螢幕出現了第三回合的生存表。

第三回合生存表：

過橋遊戲

第三回合	毒藥數目	解藥數目	死亡兒童數目	拯救兒童數目	餘下兒童數目
天使組	50	39	11	20	169
惡魔組	50	40			

天使組和惡魔組在運送過程中，死了十一名兒童，拯救了二十名兒童，現在餘下一百六十九名兒童。

浪牧回到了反斗城內，他的面色如死灰，從來沒看過他受這麼大的打擊。除了是十名小孩死亡，更甚的，殺死他們的人，是自己的親生妹妹。

浪牧受的打擊比起白蜜更甚，交代完在檢查站的內容與對話後，浪牧獨個兒走到一邊。

「你們別過來。」浪牧頭髮也亂了：「我想一個人靜靜。」

「那下一回合？」邪東問。

「別要問我……我……沒有能力……」

「讓我來。」見苦挺身而出：「浪牧你先休息一下。」

他在白蜜耳邊說：「看著他。」

白蜜抹走眼淚，堅強地點頭。

「下一回合，怎樣了？」邪東問。

「問題是第三回合時，他們怎可能也出牌？好像知道我們的計劃一樣？」見苦在猜測。

「什麼『看穿你們的心』，我才他媽的不相信！」邪東說。

他們一起看著惡魔組的四個人，小郎指著自己，代表下一個到他運藥。

「見苦。」邪東把他拉到一邊：「我覺得下一回合他們會運毒藥，『攔截』他們。」

「為什麼這麼肯定？」見苦懷疑。

邪東跟他解釋原因。

內疚不只是懲罰，更是死後還緊緊掐住心臟的一雙手。

第四回合開始。

檢查站內，小郎已經把背囊放在桌上，嘟起嘴巴輕鬆地哼著兒歌。

「**奸狡的小鬼不准光顧～只准乖乖參觀寶庫～魔法咕嚕咕～**」

見苦走進了檢查站坐下，五分鐘倒數開始。

「我知道是你，見苦哥哥！」小郎高興地說。

「別要再扮小朋友了，阮生。」

「不，我不是假扮的，我會被腦中本來的小郎影響啊！」

「鬼才信你。」見苦看了一眼背囊。

他們的確說得沒錯，走入檢查站會有一份無形的壓迫感。

此時，見苦想起了剛才邪東的說話。

「這三個回合，我們兩組人，也是運送解藥，這樣會讓毒藥與解藥的數目不平衡，所以我覺得他們這次會運毒藥。」他補充：「而且兩組也會每次運十瓶，最大化結果，很快就會毒藥多解藥少，來到遊戲最後，會很容易被看出是解藥還是毒藥。」

這邏輯的確是說得通，不過見苦想親自跟小郎溝通才決定，他不太相信邪東。

「殺死媽媽的感覺是不是很興奮？」小郎突然說。

「別說這些！我們在遊戲！」見苦不想回憶。

「沒幾多人會親手殺死自己的母親，而且，當時你還要比我年紀小。」

「別再說！」

小郎在影響見苦的判斷，先要讓他心理上出現問題，才會更容易出錯。

「你應該估我是帶著毒藥是吧？」小郎眼神閃過了一絲陰狠：「因為數目會變得不平衡。」

見苦被剛才的說話影響，不期然，眼神呆滯露出一個驚訝的表情。

「沒錯，背囊內全是毒藥而且有十瓶。」小郎說：「你相信我嗎？」

攔截，如果是毒藥，就會變成解藥！

等等……見苦猶豫著，小郎真的會對他說真話？還是在誤導他？

「又沒有用卡牌，不會變成三倍，出錯也只是最多死二十個小孩吧。」小郎說得輕鬆。

見苦沒法從小郎面上看出說話的真假！

時間一分一秒過去，見苦的汗水滴下，小郎再沒有說話，只是用同一個表情看著見苦。

「通過」吧！他一定在說謊！小郎才不會告訴我帶什麼藥，他說是毒藥反而是解藥！不，應該「攔截」才對，他就是知道我知道他的想法，才會想我給他「通過」，然後，其實小郎帶的是毒藥！

見苦在腦海中不斷掙扎，小孩的生命，就是他們天使組最大的……劣勢！

最後三十秒。

見苦突然想起爸爸的一句說話……「永遠都要假設別人懷有惡意」。

他覺得小郎是在說謊，就算眼前的他只是一個小孩，也要假設他……**懷有惡意**。

他在說謊！

「通過！」見苦大聲地說。

巴斯光年再向見苦確定以後，開始打開背囊。

「見苦哥哥啊。」小郎笑說：「我不是已經告訴你嗎？我帶的是……」

巴斯光年打開背囊，十瓶黑色的藥水出現在見苦眼前！

「『通過』了十瓶毒藥，將會變成雙倍……」巴斯光年說：「**二十瓶毒藥！**」

「不……等等……」見苦瞪大了雙眼，不敢相信這個結果。

「我不是說過我不會說謊嗎？」小郎站在椅子上，高高在上指著見苦笑說：「你這次一次過害死了二十個小孩！」

原諒都是來自他人，懲罰卻永遠來自自己。

GAME 13 最後遊戲 LAST GAME 15

十分鐘後，鐵皮貨倉的大房間內。

只能用慘不忍睹來形容現在的情況。

二十個小孩全部倒在血泊與碎肉中，成為了祭壇上的供品。小小的屍體橫七豎八地散落一地，鮮血從眼耳口鼻流成紅色的河，浸透衣服與地板，空氣裡充斥著陳腐的腥味。

他們的眼睛，有的睜著，有的破裂，有的流著血水與淚水，凝視著房間內永遠無法抵達的出口。

死不瞑目。

二十具屍體還留著微溫，卻像亂葬崗一樣，將會永遠被活埋。

他們的未來？他們的前程？

什麼也沒有了。

最快樂的，莫過於那些看著地下直播的富人，比任何一場遊戲更滅絕人性，卻讓他們非常興奮。

而最痛苦的，就是他們的家人，只能看著孩子被虐殺，卻什麼也做不了。

而且，來幫助他們的人，名為「天使組」的人……什麼也做不了。

大螢幕上出現了生存表。

第四回合生存表：

過橋遊戲

第四回合	毒藥數目	解藥數目	死亡兒童數目	拯救兒童數目	餘下兒童數目
天使組	50	39	31	20	149
惡魔組	40	40			

已經有三十一個兒童，被活活毒死。

天使組的士氣已經跌到落谷底，四個人之中，就只有邪東拯救了二十個小孩，其他三人沒法阻止孩子被殺。

惡魔組的人就好像真的能「看穿你們的心」一樣，預知了他們的所有想法。

第五回合，天使組已經不敢再運大量的藥水，由白蜜運了一瓶解藥，可惜，還是被白頭佬「預測」到，他「攔截」了白蜜的一瓶解藥，變成了毒藥，再多一個兒童被毒死。

第五回合生存表：

過橋遊戲

第五回合	毒藥數目	解藥數目	死亡兒童數目	拯救兒童數目	餘下兒童數目
天使組	50	38	32	20	148
惡魔組	40	40			

第六回合，惡魔組派出黑蜜運藥水，他們使用了「鎖定卡」，讓檢查站的邪東只能說「通過」，他們再次把十瓶毒藥變成了二十瓶，殺死二十個兒童。

卡牌方面，現在天使組有「三倍卡」、「真話卡」，惡魔組有「三倍卡」。

第六回合生存表：

過橋遊戲

第六回合	毒藥數目	解藥數目	死亡兒童數目	拯救兒童數目	餘下兒童數目
天使組	50	38	52	20	128
惡魔組	30	40			

第一回合，天使組白蜜運一瓶解藥，黑蜜「攔截」變成一瓶毒藥。

第二回合，惡魔組白頭佬運十瓶解藥，邪東「通過」變成二十瓶解藥。

第三回合，天使組浪牧運十瓶解藥，浪悅「攔截」變成十瓶毒藥。

第四回合，惡魔組小郎運十瓶毒藥，見苦「通過」變成二十瓶毒藥。

第五回合，天使組白蜜運一瓶解藥，白頭佬「攔截」變成一瓶毒藥。

第六回合，惡魔組黑蜜運十瓶毒藥，邪東「通過」變成二十瓶毒藥。

已經有五十二個兒童被毒死，六回合中，天使組只贏了一個回合，拯救了二十個兒童，其他回合全部失敗，現在只餘下一百二十八名兒童，死亡數字是五十二對二十。

最後惡魔組會如何處置餘下的小孩？

不用多說，全都會被毒死！

如果是一場「公平」的人性遊戲，現在天使組以五比一局數大敗，也只能說他們運氣太差。

但還有沒有什麼可以解釋？

有。

由第三回合開始，「天使組」就一直沒有贏過，好像被「讀心」一樣，連輸了四個回合。

一切都是運氣？還是巧合？

一次是巧合、兩次是巧合、三次也當是巧合，四次呢，也是巧合？

一切都是從第二回合開始。

時間回溯到第二回合。

……

……

⋮

惡魔組白頭佬運十瓶解藥，邪東「通過」變成二十瓶解藥的那個回合。

最後兩分鐘。

「小郎說，只要你肯做臥底，告訴我們『天使組』的選擇，你就可以無條件成為『上帝之源』的高層。」白頭佬說：「別要太大動作與面部表情，他們雖然聽不到，卻會看到你的表情變化。」

邪東沒有表露任何情緒，心中卻非常興奮。

「我會讓你先拯救二十個小孩，用來獲得他們的信任。」白頭佬說：「你決定吧，如何？」

邪東想了一想。

「還用想嗎？」邪東奸笑：「**我**、**絕**、**對**、**會**、**配**、**合**、**你**、**們**。」

重複，還有沒有什麼理由可以解釋？

有了。

邪東一早已經出賣了「天使組」！

從你背後捅刀不叫出賣，看著你微笑時下手才是。

由第三回合開始。

天使組出了「鎖定卡」，卻巧合被惡魔組使用「真話卡」抵銷，一切也不是巧合，是邪東給惡魔組的提示。

他一直也把手放在腦後，就是向他們做出提示，當時他左右手兩根手指各做了一個「L」手勢拼成卡牌形，簡單直接，惡魔組當然明白。

那個回合，無論天使組出什麼卡，只要用最沒用的「真話卡」抵銷就可以了。

第四回合。

邪東跟見苦說要「攔截」對方，是因為惡魔組已經運送比較多的解藥，要「平衡」藥物的數量，所以惡魔組會運送毒藥。

全都是狗屁的謊言。

邪東知道見苦一直也不太信任自己，才會叫他「攔截」，在見苦的潛意識中，反而會偏向選擇「通過」。

然後，當時小郎說出了自己是帶「毒藥」，讓見苦更相信他在說謊，最後他選擇了「通過」……

十瓶毒藥變成二十瓶，二十個小孩被毒死。

還有一點，小郎說「不會變成三倍」，好像知道什麼似的，的確，他是知道「天使組」會不會出卡、會運送什麼藥。

第五回合。

邪東繼續在腦後比手勢，白蜜運送的一瓶解藥，白頭佬輕易就把她「攔截」，變成一瓶毒藥。

第六回合。

邪東提示天使組沒有出卡牌，他們就決定使用「鎖定卡」，鎖定邪東「通過」他們運送的十瓶毒藥，變成了二十瓶。

當然，邪東還是要在大螢幕上表演「意想不到」的表情！

他媽的，其實他一早已經知道！

為什麼惡魔組不用「三倍卡」？而是用「鎖定卡」？因為行事小心的小郎，還未完全相信邪東，就用「鎖定卡」先來一次測試。

當然，邪東為了自己的利益，出賣「天使組」在所不惜！

第一回合，天使組白蜜運一瓶解藥，黑蜜「攔截」變成一瓶毒藥。

第二回合，惡魔組白頭佬運十瓶解藥，邪東「通過」變成二十瓶解藥。

第三回合，天使組浪牧運十瓶解藥，浪悅「攔截」變成十瓶毒藥。

第四回合，惡魔組小郎運十瓶毒藥，見苦「通過」變成二十瓶毒藥。

第五回合，天使組白蜜運一瓶解藥，白頭佬「攔截」變成一瓶毒藥。

第六回合，惡魔組黑蜜運十瓶毒藥，邪東「通過」變成二十瓶毒藥。

「惡魔組」不只是看穿他們的心，更是知道他們的選擇！

如果再沒有發現，全部餘下的一百二十八名兒童，將會……**痛苦地被集體大屠殺！**

來到了第七回合，由天使組運送藥物。

天使組只餘下兩個機會出「三倍卡」，如果不是第七回合出「三倍卡」，就是第九回合，二分一機會，因為這兩個回合都是由他們運送藥水。

反斗城內，天使組那邊。

「一定有什麼問題。」見苦用力踢玩具貨架：「不可能連續輸四局！」

「我已經再一次地氈式搜索藥物房，也沒有發現他們偷聽偷拍。」邪東一面無奈：「他們不可能有讀心術吧……」

「還有四回合，我們一定要想出對策。」浪牧說。

「我們下回合運送多少瓶？」白蜜低下了頭。

「一瓶，解藥。」浪牧背著惡魔組說：「由妳運送。」

「但如果不再加大數目，我們可能沒法追回來。」邪東說。

「對，我可以……」白蜜說。

「不，就一瓶吧。」見苦看著白蜜說：「贏輸也好，這是傷害最小。」

他們兩人當然擔心那些無辜的小孩，不過，他們更不想由白蜜去傷害更多的小孩。

而運送「解藥」是傷害最小，因為就算是被「攔截」只會變成一瓶毒藥。

「要不要出卡牌？」白蜜問。

「不，留在最後一回合。」浪牧說。

「呵欠～」

邪東打了一個呵欠，雙手又再次放在腦後，很自然，根本不會發現他又在提示惡魔組！

「這個人性遊戲真的傷神，很花腦力，有點想睡了。」邪東說。

「還有百多個小孩快要死去！」見苦抽起他衣領：「你還要睡？」

「別這樣大反應！媽的，我只是說說而已！」邪東撥開他的手：「我去坐下休息！」

他轉身回到玩具貨架旁邊的椅子，沒有人看到……
他正在暗地裡奸笑！

不是說謊讓人墮落，只是相信謊言的人早已準備好。

第七回合。

由白蜜運送，檢查人員是浪悅。

討厭她的浪悅。

「賤人。」浪悅一坐下來就說。

白蜜沒有回答她，只有看著她。

「我叫妳賤人！」浪悅更生氣：「妳聾的嗎？」

「快決定吧。」白蜜說。

「急什麼？有五分鐘時間，我可以罵足妳五分鐘！搶走哥哥的賤女人！」

「是妳選擇離家出走，什麼叫搶？」白蜜終於忍耐不住。

「妳床上功夫很了得嗎？哈！一定是淫婦才迷到我哥哥！」浪悅愈說愈過分：「妳一定會潮吹？還是白虎？」

「妳真像小時候的我。」

「我才不像妳！我不像任何人！」

「從前我總是像妳一樣想盡辦法惹人生氣，當別人真的生氣了，就會很高興。」白蜜微笑說：「可惜，我曾經也是這樣的人，才不會因為妳的說話而生氣。」

「賤人！淫婦！母狗！」浪悅被白蜜說穿了更憤怒：「妳根本不是愛他，妳只是愛我哥的錢！」

「啊？妳又知道什麼是愛？」白蜜反問：「妳真的愛黑蜜？」

「我當然知道什麼是愛！我比妳愛我哥更愛黑蜜！」浪悅大聲說：「我願意為妳弟弟犧牲一切，無論是身體，甚至是生命！」

「這樣不是真正的愛。」白蜜搖搖頭：「真正的愛是幫助對方改過，而不是陪他一樣沉淪。」

浪悅爬上了桌上，她近距離看著白蜜：「妳連自己弟弟的性格也不清楚，妳還要教訓我？」

「或者我真的不清楚，不過有一點我可以肯定。」白蜜自信地微笑：「他才不是愛妳，黑蜜只是利、用、妳。」

浪悅非常激怒，她一把掌打在白蜜的臉上！

白蜜也沒想到她會這樣做！用手摸著面頰，用一個憤怒的眼神看著浪悅。

「對不起，禁止一切暴力。」巴斯光年面具人說。

「嘻嘻嘻！生氣了嗎？不是妳說自己不會生氣？」浪悅笑得像夜叉一般：「無論怎樣，你們也不會贏出這次的遊戲，妳就看著那些孩子一個又一個被毒死吧！」

白蜜雙眼泛起了淚光。

她從來也沒真正跟這個女生接觸過，白蜜不明白為什麼她會這麼痛恨自己。

其實，浪悅在她的腦海中不斷模擬白蜜是一個壞女人，潛移默化，讓她認定白蜜就是她想像中的那種人。

就如某些人從來也沒聽過某歌手的歌、看過某明星的戲，然後就不斷侮辱與攻擊他們，都是因為……單憑腦海中的幻想就認定了他們最壞的一面。

陰暗的人性。

「攔截！」浪悅大笑：「攔截妳！」

白蜜再一次感覺到驚訝，在剛才的對話中從來沒有說過有關遊戲的內容，浪悅卻非常肯定地說出了「攔截」。

跟前兩次一樣！

巴斯光年打開了白蜜的背囊：「天使組帶上的是一瓶解藥，惡魔組選擇『攔截』，一瓶解藥變成一瓶毒藥。」

「哈哈哈！妳又害死了一個小孩！不！你們將會害死餘下的百多個小孩！」

浪悅放聲狂笑，她只會把責任推卸給天使組，從來也沒想過其實是他們害死小孩！

白蜜強忍著眼淚，她知道不能就這樣言敗，她一定要堅強！

「最後，我們一定會贏你們！」

這是白蜜最堅定的決心！

最狠的侮辱，是讓對方笑著懷疑自己是不是錯了。

GAME 13 最後遊戲 LAST GAME 13

第七回合生存表：

過橋遊戲

第七回合	毒藥數目	解藥數目	死亡兒童數目	拯救兒童數目	餘下兒童數目
天使組	50	37	53	20	127
惡魔組	30	40			

貨倉內，再有一個女童被活活毒死。

人類很有趣，當早前有二十個兒童被虐殺後，這一個女孩的死亡好像變得不太驚訝，就如戰爭的最初，人類看著新聞悲天憫人，但過了一段時間，再死一、兩個士兵也沒有人理會。

一切好像變得正常一樣。

惡魔組。

「他們又是運送一瓶藥，已經是第三次。」小郎托著腮思考：「而且是解藥？」

「對，有什麼問題？」浪悅問：「一定是他們怕兒童被毒死，我們才不怕！」

小郎跟黑蜜對望了一眼。

只運一瓶藥有什麼問題？不就是浪悅所說的，天使組不想傷害更多兒童？

是不是他們太多疑？

此時，邪東再次給他們手勢，代表「沒有用卡牌」，同時，邪東也提示了這回合是由他做檢查員。

就如黑蜜所說，卡牌會是最後遊戲的「關鍵」，天使組還有兩張卡牌，「三倍卡」與「真話卡」，他們沒有用上，就是決定……**留到最後**。

就如下棋一樣，已經想到對手的「下幾步」。第七回合不用卡牌，就代表了第九回合他們必定會用「三倍卡」加大運送的數目，而在第十回合就會用「真話卡」，希望可以套對方說真話。

但「真話卡」是最沒用的，因為可以依靠語言藝術去瞞過對方，比如，如果問題是「你運的是毒藥還是解藥」，對方可以說……

「這一秒我會說是毒藥，下半秒我會說是解藥，又過了一秒，又變回毒藥。」

根本不可能得到真正的答案，甚至可能會被誤導。

「這次由我來運送十瓶毒藥。」小郎看著對面還在討論的天使組：「我會用上『三倍卡』，令他們更絕望，盡早結束這遊戲。」

如果再多三十個小孩死亡，就是八十三死亡對二十拯救，天使組要反勝，就只會變得更加困難！

「真的很無聊！」浪悅擁抱著黑蜜：「我們已經是必勝了！」

「那就等著看他們痛苦的表情吧。」黑蜜溫柔地說。

設計這個遊戲的他，根本就不會有「輸」的機會，遊戲本身是公平的，但他一早已經預測到邪東會被收買，贏面是99%。

他暗地裡真想知道，天使組還有什麼方法可以「逆轉」。

黑蜜反而是期待的。

第八回合開始。

天使組已經派出了邪東來到檢查站，當然，他們不知道邪東已經被小郎收買。

「別要忘記，給我高層職位。」邪東笑說。

「當然沒問題，已經答應你了，小郎才不會食言！」小郎說：「已經沒有懸念了，我們快點『通過』吧，早點讓遊戲結束，那些看直播的人非常期待看到百多個兒童集體被毒死。」

「我想問你一件事。」邪東身體傾前。

「我們的總部在西伯利亞，而且還有……」

「不，我不是想知道這些。」邪東說：「我想知道……我要如何才可以取代你？」

小郎皺起眉頭，他不明白邪東想說什麼。

「如果我說，我不只想成為最高層，我想坐正……**你、的、位、置**。」邪東露出了邪惡的表情。

就如當初殺死趙老闆，邪東要奪取他的一切！

最後變成流血不止，都總是從貪念開始。

「不，你不可能取代我。」小郎說。

「啊？為什麼？」

「因為你只是我的一隻棋子。」小郎淺笑：「更正確來說，本來你什麼也不是，只是一個拐帶集團的嘍囉，你別要妄想成為像我一樣的人。」

「是這樣嗎？」邪東奸笑：「原來我在你心中只是這樣的一個嘍囉。」

「當然，哈哈。」小郎拍拍手：「本來人性遊戲就沒有你的份，最初黑蜜說不如找個代罪羔羊，我才讓你加入。」

邪東搖搖頭：「原來我是這麼可憐……真的很失望呢……」

「快結束這場遊戲吧，之後我會安排一個『上帝之源』的職位給你。」小郎說。

「**我拒絕**。」

小郎用一個懷疑的眼神看著他。

「對不起，如果我不能成為你，我就不幹了。」

「什麼意思？」

「**我們的合作終止**。」

邪東露出猙獰的笑容，就像要把惡魔也吞下去一樣，然後他說出了兩個字……

「**攔截！**」

邪東反過來對付惡魔組！

「你知道嗎？我用了六個回合來讓你們相信我，犧牲是有的，不過……嘰嘰嘰……」邪東扭曲臉容說：「非常值得！」

究竟發生了什麼事？！

「第……第八回合……」巴斯光年面具人口也在震：「惡魔組……使……使用了『三倍卡』……而天使組……」

「我跟你說，我們一早已經知道『真話卡』根本就沒有用，只要用說話技巧就可以騙過一切，不過，『真話卡』卻有一個真正的用途。」邪東字字鏗鏘：「**就是用來抵銷別人的卡牌！**」

惡魔組使用了「三倍卡」，同時，天使組使用了「真話卡」！

把三倍的功能抵銷！

「你們這些真正的惡魔，給我去死吧，嘰嘰。」

邪東駭人的笑容傳遍了整個檢查站。

……

……

…

反斗城內。

「發生了什麼事？」白頭佬看著大螢光幕。

同時，黑蜜的視線落在天使組那邊，浪牧、見苦、白蜜一起看著他們。

「準備好了嗎？」浪牧大聲地說。

「準備什麼？」白頭佬問。

「準備好我們的……」浪牧眼神銳利：「**反擊！**」

究竟發生了什麼事？

黑蜜心中的「逆轉」真的會出現？

沒錯，一切同樣在第二回合，邪東被白頭佬收買開始！

……

……

…

第二回合後，玩具貨架的隱蔽地方。

「嘰嘰，真的被你說中了，他們要我做『間諜』。」邪東對著他說。

「那就按照我們的計劃。」他說：「讓你成為……**雙重間諜**。」

是浪牧，他一早已經想到了邪東會被收買。

「先不要跟見苦與白蜜說，就只有我們兩個知道。」

「為什麼？」

「因為會犧牲貨倉內的兒童，所以不能告訴白蜜，而見苦我怕他會露出破綻，愈少人知道愈好。」浪牧說。

的確，在「隱藏身份」期間，需要犧牲那些孩子，不過，如果最後可以拯救百多名孩子，也是值得的。

就如電車難題，浪牧選擇了犧牲一部分，卻拯救大部分孩子，是對是錯？也許，沒有一個真正的答案。

灰色的「人性」，從來也沒有一個真正的答案。

正義與邪惡之間的界線，衡量恐懼與利益才出現。

如何讓犧牲的孩子減到最少？

沒法控制惡魔組運送多少瓶藥物，卻可以把天使組的傷害減到最少，就是⋯⋯**只運送一瓶藥**，而且全都是解藥，因為「解藥」被攔截變成「毒藥」，最大傷害也是殺死一名兒童。

他們利用了「白蜜不想犧牲更多兒童」來掩飾，同時把犧牲的孩子減到最少。

惡魔組有發現這一點，卻沒法解讀真正的意思。

「我想知道，你為什麼要幫助我們？」浪牧直接的問。

「我也不知道。」邪東把雙手放在腦後練習：「或者，是因為⋯⋯**打敗他們比成為他們更過癮**，嘰嘰！」

看著邪東那個充滿惡意的眼神，浪牧知道他並沒有說謊。

一直以來，被當成棋子的他，現在可以來一次徹底的反擊！

他們用了六個回合，讓惡魔組相信邪東一直在幫助他們，然後在第八回合揭露真正的身份！

在第七回合開始前，就是白蜜走進檢查站時，浪牧已經告訴了見苦這件事。

見苦還想說「為什麼不一早告訴我」？不過，他再想深一層，的確，他不知道會更好，至少他不用演戲，真情流露更讓惡魔組不易察覺。

而在第三回合，浪牧表現崩潰，也是計劃之一。

然後，在第七回合結束後，浪牧也告訴了白蜜他跟邪東的計劃。

白蜜的反應沒浪牧想像的那麼大，也許白蜜知道，要拯救全部小孩是不可能，要拯救百多名兒童，就只能出此下策。

來到第八回合。

浪牧與邪東整個計劃終於完成，最重要的「引導」他們用上那張「三倍卡」，然後把它抵銷。

天使組利用了「真話卡」抵銷了惡魔組的「三倍卡」，而他們還留著自己的「三倍卡」，即是說他們……還有反勝的可能。

第八回合，小郎用「三倍卡」，他運送的十瓶毒藥本來可以變成三十瓶毒藥，因為被抵銷了卡片的用途，所以無效。其實，抵銷惡魔組的「三倍卡」，目的是要重創他們的氣勢，也阻止了他們用「三倍卡」毒死更多小孩。更重要的是，本來邪東會「通過」運送的毒藥，卻反過來「攔截」，這代表了……

十瓶毒藥會變成了十瓶解藥，拯救十個鐵皮貨倉內的兒童！

第八回合生存表：

過橋遊戲

第八回合	毒藥數目	解藥數目	死亡兒童數目	拯救兒童數目	餘下兒童數目
天使組	50	37	53	30	117
惡魔組	20	40			

第八回合結束，死亡兒童五十三人，拯救兒童三十人，差距二十三人，餘下一百一十七個兒童。

天使組還留著「三倍卡」可以在第九回合使用，而且邪東已經不會給惡魔組提示，這是非常重要的一個回合，天使組隨時也可以反勝！

反斗城內。

邪東已經回到他們三人的身邊。

「做得好！」見苦用力拍打他的背脊。

「媽的！很痛！」邪東大叫。

「現在三十個孩子都是你拯救的！」白蜜拖著他的手：「我代他們多謝你！」

「才不是我一個人的功勞，這全都是我們天使組合作的成果，哈哈！」邪東說。

他們三人對望著，沒想到邪東會這麼謙虛，一起苦笑了。

或者，他們叫「天使組」，卻犧牲了五十三名兒童，對於某些人來說是「惡魔」；不過，他們卻可以拯救餘下的一百一十七個孩子的生命。

他們真的有這反勝的能力？

如果說他們是「惡魔」，或者，他們更像是……「**披著惡魔袍的天使**」。

他們四個人一起看著對面的惡魔組。

就如電影海報一樣。

「還有兩個回合！」浪牧說：「我們一定要把他們打敗！」

救一人是仁慈，犧牲一人是計算。

第九回合。

天使組派出浪牧運送藥物，而惡魔組由黑蜜來檢查。

這一回合，天使組必定會使用「三倍卡」，如果不用就會浪費，毫無懸念。

現在問題是浪牧帶的是十瓶毒藥？還是解藥？

上回合抵銷了惡魔組的「三倍卡」非常重要，在心理上，天使組已經反過來比惡魔組更優勝。

直至現在，天使組也沒用過任何一瓶毒藥，他們會繼續使用這策略？

浪牧對黑蜜。

他們已經來到了檢查站，面對面看著對方。

「你真的狡猾，又說什麼公平的遊戲，卻收買邪東。」浪牧說。

「遊戲是公平的，但人就不同了，我沒說不能賄賂或收買。」黑蜜說：「而且你們不是因為這樣才贏了上回合？」

「不，不只是上回合，這回合也會贏。」浪牧氣定神閒地說：「我要讓你知道，我們可以打敗你設計的遊戲。」

黑蜜終於等到天使組「逆轉」的一刻，卻沒有半點快感，對勝負非常執著的他，不想輸掉這次的人性遊戲。

現在的情況很明顯，天使組「利益最大化」，就是會運十瓶「解藥」，然後如果黑蜜說「通過」，就會變成雙倍解藥，再加上三倍卡，就等於十乘二乘三，一共六十瓶解藥，完全逆轉勝利。

但惡魔組當然知道天使組的計劃；同時，天使組也知道惡魔組會知道；然後黑蜜又會知道浪牧知道自己知道，不斷地循環。

就如俄國著名作家亞歷山大．索忍尼辛（Alexander Solzhenitsyn）的金句。

「我們知道他們在說謊，他們也知道自己是說謊，他們也知道我們知道他們在說謊，我們也知道他們知道我們知道他們說謊，但是他們依然在說謊。」

「毒藥？解藥？」浪牧用手指點點背囊。

「我在想……」黑蜜在思考著：「你會想在這回合就結束遊戲吧？」

浪牧表情沒有任何變化。

黑蜜開始嘗試套出浪牧的反應。

「老實說，你們之中只有你是最聰明，你才不會放心把勝負的關鍵交給別人，對吧？」黑蜜繼續試探。

「是誰說的？嘿。」浪牧扮作鎮定。

「我知道你會想『這回合就贏到六十瓶解藥』，這樣就不需要第十回合了，因為拯救兒童人數就會變成九十人，死亡數目只有五十三人，已經大大地被拋離，這回合就完結了整個遊戲。」

浪牧臉上終於出現了半秒的變化，就好像被黑蜜說中了一樣。

「現在的情況是……你想我說『通過』，然後變成六十瓶解藥，在這回合就勝出，不需要其他不及你聰明的人來玩第十回合。」黑蜜說：「不過，問題就來了，我知道你不相信其他人，你也知道我會知道你不相信其他人，所以，正好是相反的相反，你想我說『通過』，其實是假的訊息，我應該選擇要……『攔截』。」

「很複雜，雙重反轉的想法嗎？」浪牧終於說話。

「是我猜中了？」黑蜜自信地說。

「我不知道。」

「不，浪悅的哥哥啊，不是這麼簡單的。」黑蜜看著背囊說：「你不會選擇雙重反轉，你會選擇……**三重反轉**。」

黑蜜的意思是，對天使組最有利的方法是「通過」，變成六十瓶解藥，這樣說，黑蜜應該要選擇「攔截」；不過，浪牧也知道黑蜜會選擇「攔截」，所以他反過來放入毒藥，「攔截」了就會變成解藥。

但黑蜜又知道浪牧想他「攔截」，而浪牧又知道黑蜜知道，所以，其實浪牧真正想法，是放入解藥，然後黑蜜說是「通過」，變成六十瓶的解藥。

回到最初的想法。

三重的反轉思考。

「對不起，浪悦的哥哥，你的致命失敗，是不信任其他人，還有三重反轉的思考。」黑蜜說：

「我選擇……**攔截**。」

浪牧瞪大了眼睛，不敢相信一個十六歲的男生可以想到這一個地步！

巴斯光年向黑蜜確定。

黑蜜點頭。

「惡魔組選擇『攔截』，現在打開背囊。」巴斯光年說。

空氣就像凝住了一樣，氣氛非常緊張。

不只是檢查站內，反斗城的其他人也屏息靜氣看著……

最後的結果。

人心最深的謊言，不是欺騙，而是讓你以為你已經看穿了他。

背囊打開，黑色？透明？

毒藥？解藥？

惡魔組勝出？還是天使組？

不知道巴斯光年面具人是否在營造緊張的氣氛，還是怕有什麼出錯，他的動作很慢很慢，終於打開了背囊……

裡面放著的是……

「怎……怎會？！」

一個從來沒出現過的驚慌表情，出現在「他」的臉上！

出現在黑蜜的臉上！

「你知道你出了什麼問題嗎？你只是想著『我的想法』，卻忘記了『自己的方法』！」

背囊打開，裡面放著的是……**黑、色、的、毒、藥！**

「你沒想到嗎？這回合如果你贏出，就會得到十瓶或是二十瓶，甚至最多六十毒藥，如果是這樣，最後一回合我們已經沒法追回來！」浪牧笑說：「不過……我卻想玩最後一個回合！」

黑蜜整個人也呆住了，他從來沒想過會被打敗！

黑蜜選擇「攔截」，十瓶毒藥就會變成十瓶解藥，因為用了「三倍卡」，最後變成了三十瓶解藥！

浪牧不是為了六十瓶解藥，而是只贏到三十瓶，不過，這也是他的計劃之一！

他沒有選擇在這回合決一勝負，而是……**留在最後一回合！**

死亡兒童五十三人，生存兒童變成了六十人，反超前惡魔組！

「黑蜜你錯了，我跟你的想法剛好相反，我……**相信我的同伴！**我會把最後的勝負交給見苦！」浪牧說得擲地有聲：「因為我相信他！」

沒有真心朋友的黑蜜，不會明白浪牧他們三個人的羈絆，甚至覺得「友情」只是負累，他完全沒法想到浪牧會選擇一個，比自己更沒有勝算的人進行最後一回合！

不可能！

這樣太不明智！

不可能的！

太愚蠢了！

黑蜜腦袋非常混亂，在珍寶海鮮舫的他也不承認浪牧他們把自己打敗，他不肯認輸，不過這次……

他真正真正嚐到失敗的滋味！

他完全沒法接受自己的失敗！

他突然像變回一個小孩一樣，怒氣沖沖走出了檢查站，快速走過了連接的橋，他的表情就好像在說：「我不服氣！我不服氣！」

在橋的前端，有一個人已經在等待他。

她是浪悅。

黑蜜跪在地上，浪悅擁抱著他。

「我輸掉了……我輸掉了……」黑蜜的眼淚流下。

「沒事的，還有最後一回合！」浪悅安慰著他。

這場面非常的詭異，如果是一部愛情小說橋段會是相當的浪漫；問題是，如果他們輸掉就沒法殺死二百個小孩，黑蜜的眼淚根本就只是為了自己而流下……

他們從來沒理會別人的生死，沒理會二百個兒童的生死，只陶醉在自己的世界之中！

黑蜜陶醉在自己精心設計的遊戲，而浪悅陶醉於他們兩個人的愛情之中。

這種扭曲的愛情，還算得是浪漫嗎？

浪牧也走出了檢查站，同時，白蜜在反斗城內看著大螢幕橋上的畫面。

他們沒有為這回合的勝利而感到高興，反而是為他們的弟妹感覺到……一種傷感。

就如切膚之痛的傷痛。

第九回合生存表：

過橋遊戲

第九回合	毒藥數目	解藥數目	死亡兒童數目	拯救兒童數目	餘下兒童數目
天使組	40	37	53	60	87
惡魔組	20	40			

鐵皮貨倉還有八十七名的兒童，他們的生命就掌握在最後一個回合之上！

同時，十二萬居民的自由，也押住在最後一回合上！

反斗城內。

「交給你了。」浪牧樣子非常疲累。

「沒問題！」

見苦跟他擊掌，就像摔角接力賽一樣，沒錯，浪牧絕對信任見苦。

邪東的「雙重間諜」計劃終於完成了兩步，現在只餘下**最後一步**。

大螢幕上出現了貨倉內的情況，白蜜看到了最初遇上那個女孩美兒，她還未死去！

「見苦！」白蜜深深擁抱著他：「你一定要贏！一定要！拯救其他的孩子！」

「放心，我們一定可以做到。」見苦微笑著說。

「你別要辜負我幾個回合的演技。」邪東奸笑：「知道嗎？」

「嘿。」見苦點頭。

他看著惡魔組，小郎已經背起背囊，走向木橋。

同一時間，反斗城外打氣的聲音不絕於耳！

「你要加油！救救我們的孩子！」

「一定要贏啊！打敗惡魔！」

「謝謝你們堅持到現在！」

「我們的自由就靠你們了！」

反斗城落地玻璃外，當地的居民已經包圍著整個反斗城，人數之多，那些制服人員也沒法阻止！

他們一直在為天使組打氣，就如「第五個人」一樣！

有的感動到落淚，有的合十祈求，有的放聲大叫，他們把一切的希望，交託到見苦的身上！

「嘿。」見苦看著那些民眾：「放心吧！主角總是最後才出場！然後……打、敗、壞、蛋！」

不是每個幫助都必須回報，但每個感激都該記於心。

第十回合，最終戰。

檢查站內。

氣勢。

現在的氣勢都在天使組的一方，在見苦的身上。

小郎已經沒有選擇，至少要帶四瓶藥水才可以反敗為勝，他的背袋毫無疑問是裝滿了藥水。

「又見面了見苦哥哥，又是你來做檢查員嗎？」小郎笑得很自信。

「你們才輸掉上兩個回合，你哪裡來的自信？嘿。」見苦噗哧一笑。

「只要這回合贏回來就可以了。」小郎說：「其實，這次的遊戲對他們來說，已經是喜出望外。」

「他們？你指的是那些仆街？」見苦指著檢查站內的攝影機：「他們讓你賺了多少錢？你賣出了幾多的計劃套餐？你不索性對著鏡頭跪下來多謝他們？」

見苦在揶揄他，小郎卻沒半點怒意。

「對？你不會食言吧？」見苦問。

「不會，所有勝出的條件，都照遊戲最初的決定。」小郎想了一想：「不過，我想來玩更好玩的！」

「玩什麼？」

然後，小郎從他的衣袋中……**拿出一把小型手槍！**

「誰輸掉就要用手槍自殺！」

瘋了……真的是瘋了！

見苦的氣勢一下子被他壓過！

「放心，如果你們贏了，我死後的事已經交給了白頭佬，他會依照我最初說話去做，釋放在集中營的人，還有那貨倉內的小孩。」小郎說：「如果你們輸了……」

「我才不會跟你玩死亡遊戲！」見苦面有難色。

「這樣吧。」小郎看著遠處的反斗城：「如果你勝出了，我會幫助浪牧重整他的公司，『上帝之源』絕對有這樣的能力，而白蜜的媽媽，我們會用最好的醫療設備醫治她。」

小郎利用了「羈絆」兩個字。

他知道見苦一生中，最好的朋友就是他們兩個人！

見苦合上雙眼，深呼吸了一口氣：「我拒絕。」

「嘿，我就知道你不會用自己的性命……」

未等小郎說完，見苦張開了眼睛，露出了一個陰森的笑容：「我說我拒絕不了你的條件！」

「哈哈！見苦哥哥真棒！」

見苦不怕死？

不，他怕，不過他想為他們兩人做些事，報答他們讓自己這麼多年來，終於得到最真誠的友情，而且……

他不一定會輸吧？

小郎跟巴斯光年面具人交代好剛才的條件，通知了白頭佬，同時，向反斗城廣播，雙方同意更改遊戲規則。

他還吩咐開放檢查站的聲音，讓他們全部人都可以聽到檢查站的對話。

反斗城內。

「見苦！不要！」白蜜大叫。

「我要去跟他說！」浪牧走向了木橋。

「不行，你們不能在遊戲進行時進入，這樣是違規，會取消資格。」守在玻璃門前的巴斯光年說。

「見苦怎可以接受這個條件？！」白蜜也走了過來：「讓我們跟他說一聲可以嗎？」

「不行！」

此時，見苦看著大螢幕的鏡頭。

「浪牧、白蜜，別怕，我一定會贏！」見苦做了一個讚好手勢。

他的表情，就如變回了最初相識的見苦一樣。

「這個傻瓜……」白蜜看著大螢幕。

浪牧把她抱入懷中，一起看著大螢幕。

「我們一定要相信他！」

才不是不怕死不怕失去，只是友情早已勝過恐懼。

回到遊戲，檢查站內。

已經過了兩分鐘。

一把手槍、一個背囊，正放在桌上。

攔截？還是通過？

毒藥？還是解藥？

小郎跟見苦對峙著，見苦的汗水不斷流下。

「呼……果然是超大壓力，嘿。」見苦想盡量緩和氣氛與自己的緊張情緒：「你會帶解藥嗎？」

「我跟你說是，你又會相信嗎？」小郎說：「不過，我們上次的回合，我的確沒有說謊。」

「是這樣嗎……」

見苦的心跳很快，雖然他盡量保持冷靜，卻看著手槍讓他不能冷靜。

只是過了一會兒，他開始後悔……

為什麼要這樣做？

明明就不需要賭上自己的生命，不是嗎？

人就是一種最懂後悔的生物，也許只是上一秒的決定，下一秒就已經後悔莫及！

見苦雙手托著頭，非常苦惱！最初的氣勢已經蕩然無存！

就在此時，突然！

見苦看到背囊的拉鍊沒有完全拉好，他隱隱約約看到了其中一個可樂膠樽裡面……

沒有顏色！

他立即再看小郎，小郎看著天花板哼著歌，而且見苦雙手擋著前額，沒有被發現偷看到拉鍊的位置！

見苦再次用力聚焦看著那個可樂膠樽，他沒法 100% 確定是不是黑色，卻可以肯定是沒有顏色！

因為可樂膠樽躺平，如果是黑色的液體他一定可以看到，但現在沒有黑色，這代表了……

是透明的解藥！

見苦終於……笑了！

他正想說出「通過」之時，突然他停了下來……

等等……未必是這樣……

「見苦哥哥，你怎樣了？快沒時間了，還不選擇？」小郎在催促著，他一點緊張感覺也沒有。

等等……等等……

不可能的！

小郎不可能這樣不小心讓見苦看到背囊內的東西，而且他比見苦更早來到檢查站，或者，小郎是有心被見苦見到背囊內的可樂樽！

但明明是沒有顏色的，就是透明吧？絕對不會是黑色，所以應該是解藥！

「啊？！」見苦突然想到了一個方法。

「最後一分鐘了。」小郎說。

「嘿嘿嘿嘿嘿……原來如此……原來如此……」見苦連續地奸笑：「我知道了……你這個狡猾的小朋友……」

「怎樣了？」

如果是透明，就是解藥，問題是，小郎會這樣「輕易」給見苦看到背囊內的水樽嗎？

小郎一定是有心讓見苦看到！

因為他想見苦看到透明的解藥，然後決定「通過」！

但其實只要一點「**小技巧**」，就可以讓見苦看到的透明解藥，像魔術一樣變成毒藥！

要如何做到？如何施展魔術？

很簡單，只要把黑色的藥水倒走，然後加入水喉水就會變成……「**假的解藥**」！

別忘記，那個臨時藥物房，本來是洗手間！天使組那邊是男廁，而惡魔組那邊是女廁，而且水龍頭可以正常運作！

「你以為這樣就騙到我嗎？」見苦指著小郎：「你輸了，你帶的是毒藥！我決定……」

「**攔截！**」

……

……

‧

等等……

小郎……奸笑了。

有沒有半秒？！

有沒有看錯？！

見苦真的看到他在奸笑？

所有退路都已封死，就只能夠相信自己。

第十回合開始前。

惡魔組。

黑蜜受到了嚴重打擊躲在後倉，浪悅還在他的身邊，現在只餘下小郎與白頭佬。

「你意思是……」白頭佬邊想邊說著：「讓他們看到是透明的解藥，他們當然會想到這是你的『計劃』，怎可能這麼輕易被看到？所以他們不會中計，不會估是解藥，反而會估是毒藥。」

「沒錯啊！」小郎從貨架跳下來：「所以我會帶解藥，而不是毒藥，當他們選擇『攔截』我之時，解藥就會變成毒藥，我們贏出這場遊戲！」

「嘰嘰嘰，不錯的計劃。」白頭佬說。

小郎看著在反斗城外聲援天使組的居民：「全部都是沒用的人，廢物，只能依靠別人拯救自己，不過，就是有這樣的廢物，我們才可以控制他們。」

一直以來，戴著面具的工作人員，都是從集中營挑選的人，他們一直都是「螺旋」藥測試的實驗品，絕對效忠「上帝之源」。

「如果我們贏了，那鐵皮貨倉內的孩子……」白頭佬問。

小郎回頭看著白頭佬，被一個小孩看著卻有一份壓迫感，小郎說出了四個字。

「早死早著。」

……

……

……

檢查站內。

最後一分鐘。

見苦看到小郎在奸笑？還是他的幻覺？

他已經分不清剛才那半秒小郎的面部表情是不是真的出現過！

小郎的確忍不住興奮的心情，他的確在奸笑！

因為，見苦已經中了他的計劃！

「你確定選擇『攔截』？」巴斯光年問見苦。

見苦的汗水在流下，他的確在猶豫，現在，他看著小郎表情，沒有任何變化。

除了貨倉內八十七名兒童的性命、十二萬人的自由，還押住了自己的生命！

「應該是我看錯！」見苦抹去額上的汗水：「他根本沒有奸笑！」

見苦用力地大叫：「我決定……！」

他正想說決定「攔截」之時……

突然！！！

小郎雙手按住自己的太陽穴，痛苦地大叫！

「發……發生什麼事？！」巴斯光年非常緊張。

「不……不要……中計……」小郎痛苦得流下口水：「他……他……在欺騙你……」

見苦瞪大雙眼看著小郎。

「見苦……哥哥……謝謝你們……一直愛著我……」小郎的說話語氣有些改變，不再輕佻：

「那個《幽遊白書》書包……我真的很喜歡……很喜歡……」

見苦想起了上一回合小郎曾說過的一句說話。

更正確來說，是阮生的說話！

「我不是假扮的，我會被腦中本來的小郎影響啊！」

「你是……小郎本人？」見苦問。

「對……對……我不想再傷害……其他人……」小郎的眼淚流下：「我再不想……傷害你

們……我不想再被控制……我寧願跟他一起……死去！」

他說的「他」，就是入侵他腦袋的阮生！

斷斷續續說完這句話後，小郎痛苦得用頭撞向桌子，額角滲出血水！

「他在欺騙你……不要『攔截』……背囊內是……解藥……是解藥！」

「如果我答對了，這樣……你也會死去……」見苦表情哀傷。

「我……寧願死……也不想再做壞事！」小郎流著淚，卻出現了一個溫柔的微笑：「**就讓我結束痛苦吧**。」

見苦呆了一樣看著這個「真正的小郎」，心中一酸，他明白小郎被人控制的痛苦，而且一直做著自己不想做的事……

「謝謝你，小郎。」見苦泛起了淚光說：「我決定……」

有些人寧願死去離場，也不想再次假裝堅強。

GAME 13

最後遊戲 LAST GAME 26

小郎突然被本來的自己奪回身體的那一刻。

反斗城內。

「是……是本來的小郎！」白蜜大叫：「他……回來幫助我們！」

「他在最後一刻奪回了主導權！」浪牧高興地說。

除了見苦，他們兩人也一起看著小郎，跟他一起的回憶再次出現在腦海之中！

當時的小郎，不能完全說是阮生，因為那份成年人沒辦法假扮的童真，就只有本來的小郎才擁有！

他們一起看著遠處木橋的檢查站。

「小郎，謝謝你！」白蜜流下了淚水。

……

…

.

在我還是小孩時，還未加入「上帝之源」之時，我看過一些鬼魂入侵生人身體的電影，我連戲名也忘記了，只是記得，每次在重要關頭，那個本來的「人性」就會打敗魔鬼的控制，奪回自己的身體。

最後，本來的人格打敗鬼魂，成為了勝利的關鍵。

不只是一套電影劇情是這樣，很多都一樣，而且不只是鬼魂，可能是另一個「人格」，最後，他們都總能夠在最關鍵的時候反敗為勝。

當見苦說「攔截」的一刹那，我在想……

我在想……

不如就利用這俗套的劇情，不是很好玩嗎？

當他以為可以反敗為勝之時，其實……

他再次墮入我的圈套之中！

那個本來的小郎……

根本就沒有奪回自己的身體，我只是在……演戲！

我帶的其實是毒藥，如果他「攔截」我就會輸，而我跟白頭佬說我帶解藥，都是謊言，因為我連他也不相信。

這個跟隨我多年的下屬我也不相信，我怕他來到最後才出賣我！

「秘密」愈少人知愈好……

「真相」愈少人知愈好！

現在，見苦選擇了「攔截」，即是我會輸掉這場遊戲。

那我扮成奪回身體，不就可以瞞騙他嗎？

不，甚至是……瞞、騙、所、有、人！

這個反轉的反轉的反轉劇情，三重反轉，如果寫成小說會不會很好看呢？

嘰嘰嘰嘰嘰嘰嘰嘰嘰嘰嘰嘰嘰嘰嘰！

……

……

…

檢查站內。

小郎跟見苦最後的對戰。

「謝謝你，小郎。」見苦泛起了淚光說：「我決定……」

見苦沒有說下去，空氣沉重得快要把人壓死……

時間來到最後五秒。

現在只聽見橋外的流水聲音……

還有在幻想中……未來在集中營發出的歡呼聲！

……

……

……

「我決定反轉反轉反轉再反轉！」見苦奸笑。

見苦就像是知道小郎心中所想一樣，說出了……**四重反轉！**

小郎瞪大眼睛看著他。

最後一秒。

「攔截！」

見苦沒有中計，他決定了沿用「攔截」的想法！

造成了四重反轉的結果！

巴斯光年快速打開了背囊，除了一瓶裝著水喉水的「假解藥」外，其他的都是……毒藥！

十瓶毒藥！

「那瓶根本不是解藥，只是水喉水，對吧？」

見苦拿起了那樽透明的液體倒入口中！

「媽的！正好口渴，水喉水也不錯！」見苦抹去嘴邊的水，還有眼邊的淚光。

巴斯光年看著小郎，他像石頭一樣完全沒有反應。

然後巴斯光年終於宣佈……

「十瓶毒藥，因為『攔截』變成了十瓶解藥！」

檢查站內很靜，不過，在反斗城外圍的居民，像瘋了一樣大叫歡呼！

就如見苦想像的歡呼場面一樣！

見苦……拯救了集中營的居民！

拯救了鐵皮貨倉內的八十七名兒童！

還有……他自己！！

「你是……怎樣知道的？」小郎終於說話。

「**永遠都要假設別人懷有惡意**。」見苦眼神凶狠：「就算上回合我因為這句說話而輸掉，我也不會改變爸爸留給我這句話的想法！」

小郎等待著他的答案。

「你知道嗎？當你扮成本來的小郎時，我的確感覺到他真的回來了！奪回了自己的身體！」

見苦咬牙切齒說：「但當我想到一個七歲的小孩，怎可能懂得說……『**我寧願死也不想再做壞事，就讓我結束痛苦吧**』呢？」

有時，說著想死的人，往往只是想被誰看到。

「……」

小郎已經無言以對。

「我親手殺死媽媽時，我只有六歲，就算我知道自己做了錯事，也不會想到……**結、束、自、己、的、生、命**。」

真實數據，十歲以下自殺死亡的個案極為罕見，幾乎只在傳聞中出現。十歲，就像是一道心理防線，人類要到達這個年紀後，才會開始思考死亡的重量。

為什麼會這樣？

只因為孩子還未完全被人類社會污染，還有一份最真摯的童真。

擁有一份成年人不會再擁有的童真。

他們絕對不會想到自殺！

本來，阮生拿出手槍來作「生死決鬥」，讓最後出現的小郎本人奪回身體更有說服力、更為真實，可惜，成年的他，根本不會想到「童真」。

他敗在見苦父親的一句說話，同時……

敗在很難歸納為正或邪的童心之中！

「哈哈，沒想到我會這樣輸掉，看來未來的日子，我不應該入侵小孩的身體。」小郎臉上終於出現微笑：「見苦，這次你贏了，我會遵守我的承諾，居民會得到自由，倉庫內的小孩也得到解放，白頭佬會安排一齊，而你們天使組……」

終於來到最後一刻。

「恭喜你們，成為初代 APPER 人性遊戲的勝利者！」

小郎快速拿起桌上的手槍！

「等等！」

見苦想阻止他卻來不及！

手槍抵在小郎的太陽穴，他說出了最後一句說話……

「ENJOY THE GAME！」

「砰！」

子彈打入了小郎的太陽穴！血水就如慢動作一樣噴到半空，小郎的表情沒有一絲的痛苦，臉上還掛著一個天真的微笑。

最後，他倒在血泊中……死亡。

見苦只能眼睜睜地看著小郎死去。

真正的死去。

第十回合生存表：

過橋遊戲

第十回合	毒藥數目	解藥數目	死亡兒童數目	拯救兒童數目	餘下兒童數目
天使組	40	37	53	70	77
惡魔組	10	40			

最後餘下的七十七名兒童，包括了美兒全部獲救。

是誰贏了？是誰輸了？好像已經變得不重要。

就算是天使組最後得到勝利，也犧牲了五十三名兒童。

如果沒有人性遊戲，或者，他們就不會死去。

如果沒有人性遊戲，或者，他們還會擁有屬於自己獨一無二的未來。

但就算真的沒有「人性遊戲」，在其他地方，就不會出現殘忍殺害兒童的事情嗎？

或者，我們的整個社會，就是一場……活生生的「人性遊戲」。

APPERO 人性遊戲，最後的遊戲……

真正結束了。

一星期後。

新疆集中營。

白頭佬依照小郎的說話，解放集中營，而且「上帝之源」會投入資源，讓這裡的居民重新開始，並且會關閉這裡的人體實驗室。

見苦、浪牧、白蜜與邪東成為了集中營的英雄，見苦終於成為了像漫畫故事一樣的英雄。

而黑蜜與浪悅在最後的遊戲後不知所終，就連白頭佬也不知道他們的去向。

他們三人到最後也真正擊敗了「上帝之源」，但「上帝之源」就會從世界上消失？

才不會，這個組織才是賺得盤滿缽滿的大贏家。

而他們也決定了，不再參加任何有關的人性遊戲，也不想再涉及「上帝之源」的任何事情。

這段時間他們經歷的，已經……足夠了。

白頭佬也承諾不再騷擾他們，只要他們不向別人說出有關「人性遊戲」的事。

不，其實就算說出來，也不會有人相信吧。

至於阮生，他沒有因為小郎的死而消失，他需要經過長時間的休養，才能夠再次行動。

不過，這一切已經跟他們三個人無關了。

經歷太多才知道，最可怕的不是失去，而是習慣。

GAME 13 最後遊戲 LAST GAME 28

今天，他們來到了墓地。

五十三名兒童，不，是五十四名，包括了小郎，被埋葬在這裡。

位於山上的墓地，綠草如茵，風景非常優美。

他們來到了小郎的墓前。

「下一世，你一定不會再被利用，不會再承受現在的痛苦。」白蜜把一束鮮花放在墓前：「要做個乖小孩。」

「你要好好在天上保佑我們，別只顧食玩拉屎，知道嗎？」邪東用一個命令的口吻。

「邪東！出自你口中的，沒有一句是好的嗎？」白蜜生氣地說。

「他就是這樣的一個人吧。」見苦笑說。

見苦已經在遊戲完結後，告訴了他們自己是怎樣揭穿阮生的想法，他們根本沒有想過見苦所想的事，也許，就只有當年殺害了媽媽的他，才會明白一個小孩不會說什麼「結束自己的生命」。

「邪東，你之後有什麼打算？」浪牧問。

「我知道你想說什麼。」邪東吐出了煙圈：「我不會再幹從前的工作，也不會加入什麼『上帝之源』，我會跟烏賊做些合法的小生意。」

「真的？」見苦不相信他。

「是真是假也好，我們之後也不會見面了，嘿。」邪東笑說：「你們不就當是真的就好了？」

的確，他們三個人也不想再涉及那些事了。

「另外你說的未來人……」浪牧說。

「你就當我是說笑吧，而且我自己現在還是不太相信。」邪東說：「總之結局就是我加入了你們成為了『天使』，沒有死去就好了。」

他們想起了岳曉純的樣子，不過，未來再沒有遇上她。

是未來人也好，是先知也好，都已經不重要了。

「你們看！」白蜜指著藍藍的天空。

此時，在遠處的天空，不知是哪個孩子脫手了，升起了兩個粉藍色的氫氣球，在天空上漂浮著，翩翩起舞。

他們四人一起看著升起的氣球，氣球就像代表了……自由。

在天空飛翔的自由。

在世界幻想的自由。

二零一五年。

岳隨心、倩靜俐與阮柏臣，在北韓[*]「伊甸園」內跟三個阮生進行最後一場遊戲。

同一時間，香港的大街上。

「媽媽！你看！那是什麼？」一個小女孩說。

媽媽看著藍藍的天空。

「啊？那是……」她微笑：「代表了自由自在的『氣球』！」

兩個氫氣球，在天空上漂浮著，翩翩起舞。

或者，它會飛到一個自己最快樂的地方。

此時，媽媽想起了多年前曾在自己身上發生的事。

一場有關「人性遊戲」的故事。

*在北韓「伊甸園」發生的最後遊戲，請欣賞孤泣《APPER4人性遊戲》最後的原罪遊戲（Original Sin）。

……

……

*同年的某個下午。

還未到接女兒放學的時間，媽媽在一間咖啡室中，悠閒地品嚐著她的花茶。

「日奈，琳琳還沒放學嗎？」一個男人來到她對面坐下。

「你這個父親，不知道女兒何時放學的嗎？」她有點生氣。

「妳知道我工作很忙的吧？哈！我漂亮的老婆大人才是最厲害的，我跟琳琳的起居生活也得靠妳了！」

「口甜舌滑！」她莞爾。

「啊？在看什麼書？」男人看著她手上的小說：「又是這一本嗎？」

「對啊，我看到第四季了，超好看的！」她說。

「但妳不是說很血腥嗎？還要看？」

「你不明白的了，因為……很像我『以前的經歷』。」她若有所思：「對！老公，你信不信我年輕時，也曾經參加過這樣的遊戲？」

「哈！怎可能？」

「不同的是，當時沒有手機，也沒有電腦。」她眼神帶點傷感。

此時，男人的手機響起，他看了一看：「是公司打來，我出去接一接電話。」

他離開了桌子。

「哼！都沒聽我說話！」

日奈喝了一口花茶，看著無雲的天空。

「你還……記得我嗎？」

她自言自語，然後看著桌上那一本《APPER4 人性遊戲》。

「還記得我們一起參加的遊戲嗎？」

……

……

…

＊此為《APPER4 人性遊戲》的最後一段故事，詳情請欣賞孤泣《APPER4 人性遊戲》。

這位改名為日奈的媽媽，就是當年參加人性遊戲ZERO的……

緣白蜜。

……

……

故事結束了嗎？

不，還未結束。

或者，你笑著說的「從前」，是流淚記到「今天」。

GAME 14

不捨

RELUCTANT

GAME 14

不捨 RELUCTANT 1

「寬容，原諒與接受錯誤，在光明的人性之中，寬容的力量非常大，甚至可以成為宗教的教義。

可惜，在人類的社會中，寬容變成了縱容罪惡。比如原諒家暴者，結果？他不會因為你的寬恕而改變，下一次他會使用更嚴重的暴力。哲學家卡爾．波普爾（Karl Popper）在寬容悖論中，指出『不加限制的寬容，將導致寬容本身的毀滅。』別人打你右臉，你就再給別人打左臉嗎？

不，能夠這樣做的那個人叫耶穌，而不是像我們一樣的……凡人。」

……

……

．

「我要你親手摧毀，你最不捨的東西。」

什麼是你不捨的東西？

比如一本新書，要你把它撕爛才可以閱讀小說內容。

比如一隻年老的貓，因為病情嚴重要你選擇安樂死。

比如一個很最重要的人，要你親手把他的人生摧毀。

你最不捨的東西是什麼？

你真的捨得摧毀他？

……

……

.

三天後。

新疆烏魯木齊天山國際機場。

「你不回去香港？」見苦問。

「不了，我在新疆還有事要做。」邪東說：「後會無期了。」

他跟見苦握手，也跟白蜜與浪牧擁抱。

「記得要做個好人。」白蜜笑說：「就如當天你在荔園救我一樣。」

「妳不是美女我才不會救妳，嘿。」邪東說。

「這是我的聯絡，有什麼事就聯絡我們吧。」浪牧拿出一張卡片。

「好，再見了。」邪東收下了卡片。

邪東目送他們三人走上了一架私人飛機，然後看看手上的卡片。

「嘿，不會再聯絡了。」他走到垃圾桶旁把卡片掉走。

有些人，根本不可能一時三刻就能改變。

而邪東就是這樣的一個人。

他雙手放在腦後，吹著口哨，心情輕鬆地離開。

「對不起了三位，後會無期了。」邪東看著藍天自言自語自：「這是我……**最後一次出賣你們了**。」

「死性不改」四個字，不只是形容愛情，亦可以形容……

一個奸險的人。

……

……

．

私人飛機起飛不到半小時。

「你們……感覺到睡意嗎？」白蜜問。

沒有人回答。

她回頭看著後面座位的浪牧與見苦，他們已經……睡著了。

不是一般的睡著，而是像昏迷了一樣。

現在，白蜜也感覺到昏昏欲睡。

「為什麼……」

在她快要睡著之時，她看到機艙前站著一個人帶上了防毒面具。

他緩緩地脫下了防毒面具……

「黑……黑蜜……」

這是白蜜最後一句說話。

……

……

…

不知過了多久，白蜜聽到了有人拍打玻璃的聲音。

「白蜜！快醒！白蜜！」

白蜜矇矇矓矓看著玻璃的方向，他看到了見苦。

「別怕！我跟見苦都在！」

白蜜望向另一邊的玻璃，浪牧就在另一間全透明的玻璃房內。

她緩緩地站起來，才看清楚現在的情況……

他們三人被各自困在「田」字的玻璃房內，四面也被玻璃包圍著，不只是他們三人，還有一個人……

「最貪睡的婊子！就只有妳最遲醒！」

說話的人是浪悅，她也困在最後一間房間中。

「發……發生了什麼事？」

白蜜完全不知道現在的情況，她只覺得頭還很痛。

「不會吧……」

他想起了在飛機上最後看到黑蜜的身影，而且大家也在飛機上昏迷了。還有，那私人飛機是由邪東安排的，不難想到……

「附加遊戲！」

突然一把聲音出現，同時，在玻璃房外來了一個男生，他是……黑蜜！

故事還未結束，因為人性還未滿足。

GAME 14

不捨 RELUCTANT 2

「你想做什麼？快放我們出來！」見苦用力踢玻璃牆，可惜完全沒有反應。

「你把我們困在這裡想做什麼？」浪牧看著妹妹說：「就連浪悅也被你困著！你先放她出去！」

「哥，你錯了，我不是被困的，我是自願參加。」浪悅回頭看著白蜜：「我願意為心愛的人而犧牲，不是每個女生也夠做到。」

浪牧不斷搖頭，他知道自己的妹妹已經完全入魔，他不知道還可以說什麼。

「黑蜜！快放了我們！」白蜜拍打玻璃：「我不再想管你要走怎樣的人生，請你也別要再騷擾我的人生！」

「我拒絕。」黑蜜說。

「什麼？」

「因為，我要你們親手摧毀……你們最不捨的東西！」

從來也沒有什麼表情的黑蜜，終於露出了邪惡的笑容，他痛恨他們三人在遊戲中把他打敗，因為黑蜜從來也沒有輸過！

「如果你要報仇就找我吧，你放了他們！」浪牧大聲說。

「又要扮英雄了嗎？」黑蜜說：「怪不得我姐會愛上你。見苦，你以為你是英雄？不，浪牧才是我姐心中的英雄，看來你輸給他也是注定的。」

「又想挑撥離間嗎？」見苦沒有憤怒，因為他知道黑蜜只是想激怒他：「究竟你想做什麼？」

「姐，在遊戲之前，我想說一件妳從來也不知道的事。」黑蜜說：「然後妳就會明白，一開始我為什麼要妳跟浪牧參加人性遊戲。」

「你在說什麼？有什麼是我不知道的？」白蜜問。

「你知道嗎……為什麼我們的名字是……**一黑一白**？」

白蜜皺起眉頭，不明白他想說什麼：「不就是爸爸媽媽替我們改的！」

「對，就是這樣了。」黑蜜說：「那妳知道爸爸是什麼人？」

「一個拋棄我們一家的男人！」

「不，他是最偉大的男人。」

「什麼意思？」

「**他是……『上帝之源』的另一個最高領導人，跟阮生一樣的地位。**」

「什麼？！」

他們三人也呆了一樣看著黑蜜。

「他不是拋棄我們，而是我們出生後，回到組織而已。」黑蜜說。

誰也沒想到，除了阮生，「上帝之源」的另一勢力也同樣在研發生物科技。阮生那邊，兒子阮柏臣擁有最純正的「邪惡基因」；而白蜜、黑蜜的父親，就是在研發「戰鬥基因」的一方。

他們不只是研究「邪惡」，他們還想把「惡」與「善」分類研究，黑蜜就是「惡」的人格，而白蜜是「善」的人格。

可惜，從小開始，白蜜在社會中生活，她沒法成為一個完全「善良」的人，對於他們來說，白蜜就是失敗品，只能成為「戰鬥基因」的失敗實驗品，最後組織放棄在她身上的研究計劃。

而黑蜜卻非常成功，沒有任何感情的他，非常適合繼續進行研究，然後他被安排到阮生的人性遊戲之中。可惜，卻因為他自己的失誤，輸掉了遊戲。

阮生是否知道黑蜜的身份？也許知道、也許不知道，不過已經不重要了。

因為輸掉遊戲的黑蜜，再沒有被研究的價值，「上帝之源」在他身上的研究將會永久取消。

「你說謊！」白蜜泛起了淚光：「全都是騙人的故事！」

「淚水。」

黑蜜說出了這個字。

有些笑容背後的淚水，是世界看不見的傷口。

*擁有「戰鬥基因」的人類，他們的瞳孔反射更具備反射神經傳導途徑的功能，此反應被稱之為「瞳力流動」，詳細請欣賞孤泣另一作品《殺手世界》。

「妳以為是因為妳的淚痣，才會讓妳經常流淚嗎？」黑蜜說：「根本就不是，因為妳是失敗的實驗品，淚腺會被影響，才會落淚。」

白蜜不斷的搖頭。

「除了我，其實妳也是被組織安排參加遊戲的人。當然，從來也沒有人看好妳的表現，妳根本不算是『善良』的人。」黑蜜說：「妳在遊戲中的確有善良的一面，卻遠遠達不到要求。」

「人類不可能只有絕對的『善良』！」浪牧反駁：「人性中，必定有善與惡！」

「是這樣嗎？」黑蜜奸笑：「沒有絕對的善良嗎？但為什麼會有……**絕對的邪惡？**」

在人類世界生存，的確不可能有永遠善良的人，因為善良不一定代表「正確」，有時還會破壞社會的秩序。

但奇怪地，卻存在「絕對的邪惡」，有些人從來也不會後悔自己做過的事，無論是虐待動物，甚至是殺人，都沒有半點悔意。

然後，黑蜜說出了讓浪牧參加遊戲的理由。由他跟浪悅從圖書館認識開始，他就想毀掉整個源氏集團，來看看自己有沒有這樣的能力。

當然，聽從父親說話的浪牧，也是他想摧毀的目標之一。浪牧成為了黑蜜想打垮整個集團的其中一個「娛樂」。

除了黑蜜，浪悅也要家族的人知道，「要成為世界上前1％的人類」這句說話，是錯誤的。

就因為這個原因，浪悅就讓疼愛他的哥哥浪牧參加遊戲？

沒錯。

浪悅對黑蜜的愛，不只是願意為黑蜜犧牲自己，她甚至可以犧牲她身邊的親人，包括他的哥哥。

「故事已經說完了。」黑蜜說：「好讓你們在這次的遊戲中，不會死得不明不白。」

死得不明不白？是什麼意思？

「現在開始附加遊戲，名為『不捨遊戲』，看看誰是你們最不捨的人！」

黑蜜說完後，燈光打在「田」字型的玻璃房，在四間房中，各升起了一個……**固網電話**。

「遊戲非常簡單，十分鐘內，你們可以決定殺死房間內的其中一個人，只要在固網電話按下代表你們的數字，那個人的玻璃房就會噴出毒氣，很快將會死在房間。別想什麼也不做，因為如果有人沒有按下數字，四間房間都會放出毒氣。」黑蜜說：「請放心，這毒氣不會讓你們很痛苦，你們就像昏迷了一樣地死去，這是我對你們最後的尊重。」

「黑蜜……為什麼你要做到這個地步？」白蜜的眼淚流下。

「沒什麼，只因我就是代表……『**絕對的邪惡**』。」黑蜜微笑：「除了我，沒有任何觀眾，也沒有什麼直播，你們就好好享受這次的遊戲！」

黑蜜說出了最後一句台詞：「ENJOY THE GAME！」

固網電話上有四個選擇。

1初見苦、2源浪牧、3緣白蜜、4源浪悅。

黑蜜要他們選擇殺死的人，殺死……「**最不捨失去的人**」。

同一時間，時間開始倒數，他們其中一人的生命就只餘下……

最後十分鐘！

誰是你最不捨失去的人？誰又是最讓你心痛的人？

殺一個人，救三個人。

現在的情況非常複雜。

首先，白蜜絕對不會殺浪牧與見苦，她唯一的選擇，就是跟她無關的浪悅。

而見苦也不可能殺死他們二人，他也會選擇按下4源浪悅。

但問題是，浪牧不想傷害自己的妹妹，他是最矛盾的一位，他一定想浪悅生存下去，他會遊說見苦與白蜜按下他自己的數字。

最後一位，浪悅不用懷疑，她絕對會按下最討厭的人……3緣白蜜。

不用猜想，浪悅在遊戲開始就馬上按下了「3」！

「嘻嘻！我就要妳死！賤人！」浪悅高興地大笑。

「大家聽我說！」浪牧緊張地說：「她只是一個十六歲的女孩，她什麼也不知道，而且……」

「對不起。」見苦沒等他說完：「我不可能殺死你們。」

「我也是。」白蜜說。

「不……不要……」浪牧搖頭：「你們按下我的號碼！別要按她！」

這場人性遊戲，是所有進行過的遊戲中，最痛苦的一次，因為無論怎樣選擇，也會有「不捨」的人被殺。

不用十分鐘，已經有結果。

見苦與白蜜已經按下了……4源浪悅。

而浪牧也在沒選擇的情況下，按下了1初見苦。

顯示板出現了結果。

源浪牧0票

初見苦1票

緣白蜜1票

源浪悅2票

源浪悅沒有驚慌，她知道自己是為了深愛的人而死，對於死一點也不在乎，甚至是願意這樣做。

「黑蜜，再見了。」浪悅微笑著流下眼淚：「你一世也不要忘記我，知道嗎？」

黑蜜沒想到浪悅真的能夠為他而犧牲，同時沒有半句怨言。

這一刻，他終於被這個女孩感動了。

是愚忠？是盲從？還是對自己真正的愛？

最後，黑蜜決定了……

他一步一步走向了浪悅的房間，然後用特製的鎖匙打開了玻璃房門，然後關上。

「黑蜜……」

「傻女孩，我不會讓你一個人死去。」

「不，我可以為你犧牲……」

黑蜜用手指抵著她的嘴唇，微笑說：「別要說了，如果要死，我們一起死。」

浪悅高興得沒法說出話來，她沒想到來到生命的最後一刻，這個深愛的男人，終於承認了自己的愛，同時……

表達了對自己的愛。

他吻在她的唇上，無論其他房間的人怎樣拍打玻璃希望他們停止，他們二人也沒有理會。

世界，好像只餘下他們兩個人一樣。

「如果能選一次死亡的方式……」黑蜜低聲說：「我會選現在和妳一起。」

黑蜜按下了遙控器，毒氣噴出，就如婚禮營造氣氛一樣。

他們十指緊扣，享受著二人在世界上最後一刻的時光。

「我們……我們是這個世界最後的戀人……」浪悅的意識開始模糊。

黑蜜點點頭，靠在她肩上，他的聲音微弱，卻溫柔至極：「那就讓我們……一起結束這一世的愛情故事吧……」

「下一世再見。」

最後一句說話，兩個十六歲的男女，死在毒氣室內。

同時，其他三間房間的房門自動打開。

殺一個人，救了……三個人。

……

……

……

故事就這樣完了嗎？

不，再一次跟你說，**還未結束**。

沒有其他的愛能夠相比，兩個人一起同生共死。

GAME 14 不捨 RELUCTANT 5

二零二五年，孤貓工作室。

「如果我這樣寫，會不會毫無邏輯可言？」他問。

「當然沒有！怎麼變成了愛情故事？完全不合邏輯！」他的助手思婷說。

「本來就不合邏輯吧？」他看著黑貓豆豉在打喊露：「如果根據黑蜜的遊戲規則，根本就不用想吧，死的人一定是源浪悅，不是嗎？」

「我不知道！」思婷不想思考：「總之你這樣寫就有問題！明明是人性遊戲，現在變成了戀愛遊戲！」

「好吧好吧。」他苦笑：「嘿，這就當是……**源浪悅幻想的橋段吧**。」

「幻想是可以，而且那個愛到黑蜜要死的少女，的確可能會幻想到你寫的情節。」思婷說：「不過，你怎麼不知道最後的結果？『她』沒跟你說？」

「不！還未說。」爛作家突然高興地跳上沙發：「因為我今天會直接見她本人！很久沒見了，她會告訴我最後的結果！妳覺得最後是誰會死去？」

思婷想了一想：「一定不是『她』，如果是那兩個男生……很難選擇啊！兩個我都喜歡！」

「對！就是了！」他突然又跳下沙發認真地微笑說：「不過……」

「不過什麼？」

「最後誰死了……」他得意地說：「**誰就是故事的真正男主角！**」

……

…

.

觀塘樓上Cafe。

「很久不見了，應該已經有……十年。」她說。

「對，妳好像沒老過一樣！」他說。

「什麼沒老？我女兒也十四歲了，正值青春期，真讓人煩惱。」她說。

「就如當年的……源浪悅？」他問。

她沒有回答，只是優雅地拿起紅茶杯喝了一口。

「沒想到你在第四季真的把我寫入小說了！」她說：「還有我女兒！」

「妳不介意就好了。」他想了想：「妳也別要介意我還是會叫妳……**白蜜**。」

沒錯，在爛作家眼前的女人，就是《APPER4人性遊戲》中最後出現的日奈，當年在《APPERO》中的緣白蜜。

她已經四十多歲，不過看起來比實際年齡更年輕，她的淚痣還是讓她看起來，擁有那一份缺陷美。

「已經很少人叫我白蜜了，很有親切感啊！」白蜜笑說：「我沒想到，你還記得我跟女兒說的那句話。」

「是什麼？我忘記了，哈哈！」

「琳琳，別忘記，我們要做一個善良的人，無論世界有多險惡也好，因為，這樣世界才會更美好。」白蜜複述。

「嘿，這是你的心意，我怎會不寫下來？」他笑說。

他們兩人閒談了一會後，終於進入正題。

「孤，都已經十年了，你不會是沒有目的約我出來吧？」

「因為我正在寫《APPERO》，十年後的前傳。」他說。

在十年前，其實爛作家已經跟日奈有聯絡，而且知道她參加過最早期的人性遊戲，以他的性格，當然是成為了最渴望聽到故事的聆聽者。

「你想……寫回我們的經歷？」白蜜問。

他點點頭。

「為什麼？」白蜜有點不明白。

「因為這部小說將會是我第一百本書籍，我想用我作品中最重要的故事來完成這個匪夷所思的壯舉。」他苦笑：「在香港出版一百本書，而且是由我自己創造這個世界，對我來說實在是太過不可思議了，嘿。」

「恭喜你啊！」白蜜瞇瞇眼：「不過，就只有這個原因？」

被白蜜看穿的他瞪大了雙眼：「唔……」

「好吧，不問你了。」白蜜笑說：「你不想說一定有你的原因。」

「感激感激。」他合十感謝：「這次約你出來，就是想知道妳十年前沒有說的結局。」

「你說……最後的遊戲？」

「對，最後……」他金睛火眼地說：「是誰死了？」

白蜜看著玻璃窗外的藍天，若有所思。

「都已經接近三十年前的事了。」白蜜說：「最後……」

回憶是傷人，還是暖心，只在乎於你成長了沒有。

GAME 15

割捨

SACRIFICE

GAME 15 割捨 SACRIFICE 1

「仁慈，對於強者來說，仁慈可能是種施捨，但對於曾經受苦的人來說，仁慈是一種被理解的選擇，而我們大部分人都是後者。

威廉．莎士比亞（William Shakespeare）曾寫過：『仁慈的本質並不勉強，它像天上的甘霖溫柔地落在塵世。』這說明了仁慈的特質不該強加於人，仁慈應該是發自內心，不是出於社會壓力或恐懼。

更不是為了得到更多的讚賞，才假扮人性中最光輝的『仁慈』。」

……

……

…

四間玻璃房間。

「不捨遊戲」正式開始，時間倒數。

如果依照正常的邏輯，白蜜與見苦不會投票給他們三人其中一個，只會投給浪悅，所以浪悅會得到兩票，最後死亡的人是她。

不過，黑蜜設計的遊戲，又怎可能這麼簡單？

而且，他……真的想深愛自己的女生就這樣死去？

過了三分鐘，除了浪悅已經輸入了「3緣白蜜」以外，他們三人還未有決定。

這就是黑蜜的計劃，利用了他們的「善良」，讓他們作出「最不捨」的選擇。

見苦看著固網電話，每一個數字上面，都貼著他們各人的名字。

沒錯，就算是見苦自己，也看到「1初見苦」。

他突然想到！

「你們的電話上有沒有自己的名字？」見苦問。

「有！」白蜜說。

「我也有……」浪牧已經知道見苦的想法：「**我們可以投票給自己！**」

沒錯，遊戲規則中，從來也沒有說過「不能投票給自己」。

「這樣說……」

不想殺死浪悅的他們，只能投給自己，然後……

「不行……」見苦坐在地上：「絕對不行。」

「什麼意思？」白蜜不明白。

「對，不可以這樣。」浪牧也想到了見苦的想法。

如果他們三個人都投票給自己，這就會變成……

源浪悅０票

初見苦１票

源浪牧１票

緣白蜜２票

因為浪悅已經投給白蜜，這樣說，白蜜就會死，他們兩個人才不會讓白蜜死去。

又回到膠著的狀態。

他們終於明白黑蜜所說的，「我要你親手摧毀，你最不捨的東西」真正的意思。

完全是兩難的局面。

時間一分一秒地過去，浪悅沒有說話，好像只是在看戲一樣，就算她最後要死，也是為了黑蜜而犧牲，她甘願這樣做。

黑蜜也沒有說話，他們三人再向他要求取消整個遊戲，可惜他完全沒有理會，只是在等待最後的結果。

最後餘下三分鐘。

如果不輸入，四個人都要死在玻璃房之中！

「等等……還有方法！」浪牧說：「他說沒有輸入就要死，但如果是……**四個人都有一票呢？**」

「四個都有一票？」白蜜問。

「那就沒有人是『最多票數』！」見苦興奮地說。

「對！」

浪牧說出他的計劃。

白蜜投給見苦、浪牧投給浪悅、見苦投給浪牧，最後浪悅已經投給白蜜，最後的票數就會變成……

源浪悅1票

初見苦1票

源浪牧1票

緣白蜜1票

每個人都有一票，就沒有人是「最多票數」！

「可行！」浪牧高興地說。

在最後的關頭，他們也靠著合作與互相信任，想出了四個人一起生存下去的方法！

時間餘下一分鐘。

「好吧，現在我們一起按下對方的號碼。」浪牧說。

見苦與白蜜一起點頭。

他們三個人的「羈絆」，永遠也沒有人可以拆散，也許，這就是真正的命運安排。

在整個人性遊戲中，他們由互不相識直至來到現在，經歷過的比任何人的感情更深厚，誰也不能夠要他們「摧毀最不捨得的東西」！

他們同時按下固網電話！

顯示板沒有立即出現結果，就像在等待最後的時間一樣。

就在倒數完最後一秒，黑蜜終於說話。

「終於……結束了。」黑蜜高興地說：「這也是我想到的最後結果呢。」

走過悲傷與風雨，留下的除了傷痕，還有羈絆。

「你明知結果，那就快放了我們！」白蜜大叫。

「也不難想到吧，只要邏輯推理，我就知道你們會這樣投票。」黑蜜走向了玻璃房：「最後四個人都會……各有一票。」

「最後你也沒法打擊我們！」浪牧說：「你連深愛著你的浪悅也要殺死，你根本就是怪物！」

浪悅聽到哥哥的說話，奇怪地，明明甘心願意為黑蜜犧牲的自己，心中卻出現一份忐忑。她可以犧牲的哥哥，卻為自己而說話；但那個她一心一意深愛的人，卻無動於衷。

這……真的是愛嗎？

「是怪物、是人渣，是什麼也好，我也沒所謂。」黑蜜奸笑：「一個快死的人怎樣說我也沒有任何意義了。」

「什麼意思？」

「你們好像……誤解規則了。」黑蜜說。

他們呆呆地看著他。

「你們想到的『沒有人是最多票數』的確沒有錯，不過……」黑蜜張開雙手像擁抱一切：「同時也代表了……**『四個人都是最多票數』**！」

！！！！！

沒錯！黑蜜就是想他們落入「沒有人是最多票數」的想法，然後讓他們以為這樣就破解了他的遊戲！

其實，他一早就想把他們四個人……**全、部、殺、死！**

包括了浪悅！

「你這怪物！」浪牧用力拍打玻璃：「快放了他們，我願意被殺！快放他們！」

黑蜜拿起了遙控器，面目猙獰地說：「最後結果……四個人都有一票，全都是最多票數，一起被毒死！」

！！！

！！！

！！！

奇怪……

在黑蜜面前的浪悅房間，沒有噴出毒氣。

為什麼？！

不是四個人一起死去嗎？！

是機器故障？！

還是有什麼出錯？！

「正白癡，最後……」他說：「你的計劃也是失敗了。」

黑蜜看著「他」，然後回頭看著顯示牌……

源浪牧０票

源浪悅１票

緣白蜜１票

……

……

……

初見苦２票！

「惡魔當然最明白惡魔在想什麼，嘿！」見苦奸笑：「你沾沾自喜什麼？你這些出術的垃圾計劃，怎可能瞞得了本、主、角！」

見苦的房間開始升起了白煙！

為什麼見苦會有兩票？！

因為……到最後……**他、投、票、給、了、自、己！**

見苦太清楚黑蜜不會是這麼簡單地放過他們，所以，他無論如何，最後也會……

按下自己的號碼！

現在的見苦，就如在過橋遊戲時的想法一樣，他願意……

犧牲自己，拯救浪牧與白蜜！

「見苦……」浪牧說。

「怎會這樣……」白蜜的眼淚流下。

「蜜，別要哭，或者這就是我的命運吧。」見苦沒有半點痛苦，面露笑容：「就當是送給你們未來最好的結婚禮物，讓你們能夠生存下去。」

「我才不要！我不要你的禮物！」白蜜哭成淚人。

「你們要代替我……好好活下去……好好愛下去……」見苦的意識開始模糊。

同時，其他三間玻璃房門已經自動打開。

「見苦……」不常流淚的浪牧，也流下了男兒淚：「你這個人……正一笨蛋……」

白色氣體不斷噴出。

「就是比你笨一點點吧，嘿。」見苦坐在地上：「能成為你們的朋友……是我這輩子最大的幸運……牧，你要好好照顧白蜜……不然……我一定會回來找你晦氣……」

浪牧抹下了眼淚：「我發誓……我發誓！我們會好好活著，**帶著你的份……好好守護她！**」

白色氣體已經掩蓋整間玻璃房，他們再看不到見苦的身影。

見苦倒在地上，依然聽到他們呼叫自己的名字，可惜，他已經……沒法回應了。

「謝謝你們陪我走過短短的這段人生旅程……」

「**再見了，浪牧……白蜜……**」

「生命」這兩字，最重要是活得有意義。

GAME 15 割捨 SACRIFICE 3

同一時間，浪悅走出了玻璃房。

她第一時間擁抱著黑蜜。

擁抱著這個想把四個人一起殺死的男生。

黑蜜會像浪悅「想像」中一樣嗎？

沒有，黑蜜根本不在乎她，他只想著自己再一次被打敗的這件事。

「黑蜜，我愛你。」浪悅流下眼淚說。

她說完後，突然，黑蜜感覺到心臟附近位置，出現了痛楚……

一把鋒利的短刀已經插入了他的身體，血水染滿了他的衣服，還有浪悅的身上。

浪悅……一早已經準備好短刀。

「為什麼……」黑蜜吐出鮮血。

「我要……」浪悅溫柔地說：「**永遠的擁有你**。」

本來，浪悅以為自己不會用上這把短刀，不過，最後因為黑蜜只想把四個人一起殺死，浪悅……終於下定了決心。

她要永遠保存這份愛。

她知道自己總有一天會變老，那時的黑蜜也許不會喜歡變老的自己，有什麼方法可以保留這一份愛？

只有一個方法，可以讓這份愛直至永遠。

就是……一起浪漫地死去。

一起停留在十六歲。

也許，其實是浪悅心底的潛意識不能接受這樣的一個殺人魔鬼；又或者，浪悅只是害怕在某天失去最深愛的人。原因是什麼也好，已經不需要求證。

不需要再向一個十六歲的少女求證。

浪悅拔出了短刀，然後插入了自己的身體！

他們兩個人的血水交織在一起，最後變成了燦爛的油畫。

浪悅吻在黑蜜的唇上，說出了最後一句說話。

「**下一世我們再相愛，下一世再見**。」

……

⋯⋯

這場殘忍又血腥的「人性遊戲」，終於真真正正結束。

誰是贏家？

沒有，也許沒有一位是贏家，因為他們都失去了最重要的東西。

錢可以把他們買回來嗎？

一千萬？一億？十億？一百億？

不能，最後，就只能成為腦海中的回憶。

見苦、浪牧、白蜜三人的最後結局，沒有任何一個人想發展成現在這樣，卻已經沒法改變。

見苦成為浪牧與白蜜最重要的回憶。

卻不能一起再走下去。

他為他們活過，同時，也為他們⋯⋯死過。

或者，根本就沒有人會知道，他們三人發生過這個浪漫又混亂的故事，不過，至少他們兩個人，真正知道⋯⋯

初見苦曾經在這個世界存在過。

曾經是他們的好友。

曾經為他們犧牲自己的生命。

曾經給他們未來與幸福。

曾經成為了他們……

最不捨的人。

……

…

.

「陪你們走到這裡，已經……足夠幸福了。」

……

…

.

三年後。

當天，最後的「不捨遊戲」原來是在香港某建築物內進行，白蜜與浪牧最後安全逃出。

警方聽到他們的解釋，當是一場邪教活動，最後也不了了之。也許「上帝之源」有介入此事件，不過白蜜與浪牧不想再追究下去。

因為見苦、黑蜜與浪悅，三個對他們來說最重要的人死去，打擊非常大，他們已經不想再糾纏於「上帝之源」與人性遊戲的事件之中。

慶幸，「上帝之源」真的有兌現承諾，新疆集中營的人們得到了解放，而且成為一條能自給自足的村落，雖然不算富有，但至少當地的居民，不用活在極權之下。

浪牧的酒店生意也重上軌道，他覺得自己花三年時間就可以比從前做得更有聲有色，背後一定是有人在幫助。不過，浪牧沒有追查是否跟「上帝之源」有關，是否真的兌現了小郎承諾。

而白蜜媽媽被送到德國治療，身體也有轉好的跡象。當然，她還是很想念死去的兒子，白蜜也有意無意問及父親的事，但媽媽真的好像不知道他跟「上帝之源」有關。

是真是假也好，白蜜也不想追查下去了。

時間會證明一切，有些人，永遠會一直埋藏在自己的心內。

另一個在人性遊戲中非常重要的人物岳隨歡，他最後出家成為和尚，沒有人知道他為什麼有這樣的改變，不過，至少他不再傷害別人。

岳隨歡沒有告訴任何人，他見過未來的孫女，當然，就算告訴別人也不會有人相信。

他的兒子岳隨心根本不知道父親經歷了什麼，同時，岳隨心也不知道自己在未來將會成為「崇德聯盟」其中一個最重要的人物。

至於山邪東，浪牧有追查過他的去向，怎說最後邪東都是出賣了他們三人。可惜，毫無音訊，也許是他有心躲起來，又或者已經被仇家殺死，已經沒有人知道他的下落。

邪東的確兌現了「後會無期」的承諾。

三年時間過去，一切又再次回復正常的生活。

時間總是會過去，同時，痛苦也會。

每個人都有屬於自己的故事，無論是很平凡還是歷盡艱辛，經歷過的都會成為回憶，然後，每個人又再次重新出發，走完屬於自己的故事。

「人性」是善是惡？

沒有真正的答案，因為每個人都有不同的經歷，遇上的人和事也不同，所以根本沒有一個絕對的答案。

但有一點是沒有變的，人性，是人類的基本屬性。

是我們沒法控制的人類屬性。

……

……

大阪城公園。

大阪城公園的櫻花在三月末盛放，花瓣如雪紛飛，遊人如織。

空氣中瀰漫著淡雅的櫻花花香，同時混著遠方章魚燒攤位飄來的煙氣，成排的櫻花樹下擺著野餐墊，笑聲此起彼落，有情侶在自拍，有小孩追著氣球奔跑，非常快樂。

他們兩人今天來到這裡，終於兌現了承諾。

白蜜與浪牧終於兌現了承諾。

不過，他們不是去維也納斯班咖啡館喝咖啡，是來了見苦所說的大阪城公園，一起看櫻花。

他們是兩個人來，心中卻是有三個人。

兩人站在石橋上，橋下湖面波光粼粼，櫻花在風中簌簌飄落，如像舊日情書被時間撕碎。

「見苦，我們來了。」浪牧看著落下的櫻花說。

「我們是不是應該帶張他的相片過來一起看櫻花？」白蜜笑說。

「他不是已經在我們的心中？」浪牧說。

他們一起微笑了。

正好有一陣風吹過，就像是見苦在回答他們一樣，萬千花瓣從枝頭落下，像輕雪般灑在他們的髮絲與衣角。

「最近跟新男友發展得如何？」浪牧問。

「都是一樣吧，他人很笨，不過很關心我。」白蜜說：「你呢？找到新女友了嗎？」

「沒有。」浪牧搖搖頭：「現在公司真的很忙，根本沒時間拍拖。」

「還是你找不到比我更好的女生呢？」白蜜莞爾。

「也可能吧，嘿。」浪牧說：「如果那個男人對妳不好，妳要跟我說，我一定會好好對付他。」

「嘻，你怎麼變成了見苦？」

他們沒有說話，只是相視而笑，腦海中出現了見苦的樣子。

他們沒有走在一起？

沒有。

因為發生了太多太多事，他們最後也沒有繼續成為一對，選擇成為各自最重要的「好友」，比朋友更親密、比情侶更長久的關係。

不過，浪牧依然兌現著見苦的承諾，一直好好在身後守護白蜜。

浪牧轉頭望向她，白蜜的側臉在光影交錯下柔和而熟悉，彷彿回到過去。

「不如，我們每年都來一起賞櫻？」白蜜說。

「不錯的提議。」浪牧笑說，然後指著自己的心：「**我們帶著見苦一起來**。」

「好啊，我們真的……」白蜜微笑：「很浪漫呢。」

這是屬於他們的故事。

三個人的浪漫故事。

或者，不需要在一起，也可以用另一個方法愛著對方。

GAME 15 割捨 SACRIFICE 5

此時，浪牧拿出了一台CD機，然後給白蜜一邊的耳機：「給妳聽首歌，最近我很喜歡聽這位新晉歌手的歌，尤其是這一首。」

音樂響起，歌手與小孩一起合唱，非常新穎。

《每一個明天》。

「結伴創將來～多麼的美～你的路我的途～再也不分己與彼～」

「很好聽啊。」白蜜說：「這歌手是誰？」

「陳奕迅。」浪牧說。

「我想他未來一定可以大紅大紫。」

「對，嘿。」

他們再沒有說話，白蜜只是將頭輕輕靠在浪牧肩膀上，兩人就這樣站著，什麼都不說，一面聽著歌曲、一面看著櫻花緩緩的墜落。

「天佑我的愛人～給她永遠笑聲並常對她偏愛～天佑我的愛人～有她不再覺得生命無奈～敢愛～」

他們最後也沒法走在一起，是因為見苦？是因為經歷過的事？不過，已經不需要找出答案，因為他們兩人並不可惜。

不能擁有，才是最好的擁有。

「或者，不能永遠擁有；故事，留在回憶就夠。」

……

……

二零二五年，觀塘 Cafe。

他合上眼睛，幻想著二十多年前，白蜜與浪牧第一次在大阪城公園的那一幕。

「是因為見苦的緣故，讓你們沒有走在一起？」他問。

白蜜搖搖頭：「或者，有些事情不需要答案。」

他點點頭，非常明白她的說法。

白蜜說，雖然浪牧已經移民到美國，生意也做得有聲有色，是個大忙人，不過，他們兩人每年還是會約定一起去看櫻花。

「浪漫到好像寫小說一樣。」他笑說。

「這不就是你的小說內容嗎？」

這代表了白蜜已經答應讓他寫成小說。

「感激你。」他把一個紙袋交給了白蜜：「其實約妳出來還有一件事。」

「這是什麼？」

「一份遲來的禮物。」他說：「『那個人』因為看過《APPER》第四季小說，而且發現了妳就是『當年』拯救了她的人，因為她找不到妳，就聯絡我出版社託我把禮物交給妳，這也是最近的事，我不知道可不可以說是巧合，嘿。」

「什麼？」白蜜非常意外：「是誰？是什麼東西？」

「妳看看就知道了。」他想了一想：「我想她現在已經有三十多歲了，她說當年弄污糟了妳的，想送妳新的。」

白蜜打開了紙袋，是一條很普通的碎花裙，不過，在裙的下方有一個染出來的……

小掌印。

沒錯，「那個人」就是在新疆集中營，因為討食而不小心弄污白蜜裙子的女孩，美兒。

「這麼多年來，她……**一直也沒有忘記妳**。」

日奈姐姐。

白蜜想起了她，眼淚已經不禁流下。

那是快樂的眼淚。

其實，幫助別人需要回報嗎？

或者不需要。

但被你幫助的人，可能會因為你的幫助，改變了一生。

你忘記了他嗎？

但他從來也沒有忘記你。

要做一個善良的人？還是邪惡的人？

要做一個怎樣的人也好，一切……

一切……

都是由你自己去決定。

你要成為一個怎樣的人，只在乎於你內心的魂靈。

GAME 15 割捨 SACRIFICE 6

一星期後。

觀塘碼頭。

他最愛來這個碼頭，聽著歌，看著海。

上星期跟白蜜見面以後，他完成了小說的最後部分，今晚他約了另一個人。

所有的謎底已經解開，不，還有……一個。

「《APPERO》的初稿我看完了。」她把一疊已經摺皺的紙交回給他。

「為什麼要看紙的？」他問。

「我的年代已經沒有太多紙本了，就是想懷念一下。」她說：「對，有一段我超喜歡。」

「哪一段？」

「啊？我好像在幫那個爛作家宣傳書籍！那個笨作家！」她像讀劇本一樣說。

他笑了。

沒錯她就是岳隨心的女兒……**岳曉純**。

*一個到過其他不同時空的少女。

「妳知道嗎？我跟你爸爸十年前也來過這裡。」他說。

「我有什麼是不知道的？」岳曉純反問。

「嘿，妳贏。」他苦笑：「不過，如果妳不跟我說，我真的不知道『APPER ZERO』這個字，是由妳提出的，開山祖師嗎？」

「就是一個『圓』吧。」岳曉純坐在他身邊：「有雞先？有蛋先？都是一個循環的圓吧。」

他們一起看著漆黑的海，沒有說話，海風拍打在他們的臉上，良久，他終於問。

「為什麼妳要阻止岳隨歡繼續參加遊戲？」他問。

「因為爺爺繼續參加遊戲，會讓見苦、浪牧、白蜜他們三人輸掉。」岳曉純回憶起痛苦的過去：「他們輸掉了，就脫離了劇本，就沒有之後的故事了。」

其實，爛作家早就知道答案，不過很想從她的口中親自確認。

為什麼岳曉純扮成曉兒時總是很痛苦？

因為……她一早已經知道，會害死很多人，才會有之後的故事劇情發展。

就如爛作家寫的《時空管理局》一樣，「我們改變世界，讓世界不改變」。岳曉純的工作，就如時空管理局的主角*隱時空一樣，要「修正」錯誤的劇情，才會有之後的故事。

十年前，爛作家也曾經跟岳隨心說過類似的說話。

「如果你跟俐靜沒有參加人性遊戲，就不會認識柏臣、甜品、夢島、阿秀等等，就不會有……『崇德聯盟』！沒有『崇德聯盟』，未來的世界就會改變，而且是很可怕的改變！」

他……一直也是跟「上帝之源」合作。

岳曉純與他，其實都做著同樣的事，只是方法不同。岳曉純要改變過去，讓過去不改變，而他要讓崇德中學出來的學生集合在一起，然後未來才會有……

崇德聯盟對抗上帝之源。

「除了崇德中學，現在還有*光大大學，我好像一生都會很忙。」他笑說。

「不是你說的嗎？」岳曉純讀出他每一本書作者介紹的一句說話：「**用上一生時間，創造一個世界**。」

「嘿，妳又贏了。」他苦笑了。

* 岳曉純到過的時空，請欣賞孤泣的《智能生物》、《低等生物》等作品。
* 隱時空，《時空管理局》男主角，詳情請欣賞孤泣作品《時空管理局》。
* 光大大學，跟崇德聯盟在未來有深厚的關係，光大大學的起源請欣賞孤泣作品《教育製道》。

他們再次沉默地一起看著沒有星星的天空。

改變必然充滿痛苦的，但未來會活得更出色。

GAME 15 割捨 SACRIFICE 7

岳曉純想起了一個問題。

「孤，其實……你有沒有後悔過？」岳曉純表情帶點悲傷：「其實，我要不斷見死不救……很痛苦。」

或者，就只有他可以告訴岳曉純這個問題的答案。

「當然有後悔，有時還會自責到睡不著。」他說：「不過，自從我養貓還有我兩個女兒出世之後，我不再自責了。」

「為什麼？」

他想了一想說。

「如果我的孤貓掉入海，還有一個陌生人掉入海，我只能救一邊，妳覺得我會救哪邊？」

「當然是孤貓。」

「對。」他繼續解釋：「在別人來看，當然是先救人吧，怎可能救貓？但問題是，孤貓跟我充滿了回憶，而那個陌生人跟我根本毫無關係。」

「人性。」岳曉純說。

「嗯，世界上有很多事情會讓我們後悔與自責，不過我們一定要接納人性中的一個特點。」他停頓了一會再說：「我們要接受自己……『**合理的自私**』。」

岳曉純微笑了，她明白他的「答案」。

「你寫到這裡時，初稿應該已經寫到第二十六萬四千零九十四個字。」岳曉純說：「你的貓豆腐正躺在你的電腦前睡覺，你會摸一摸牠，然後又再敲打鍵盤寫下去。」

「妳怎知道……」他想了一想：「嘿，對，妳根本就知道！」

她靦腆一笑。

「啊？等等我們這次的對話……」

岳曉純站了起來：「我想多聽一次不可以嗎？」

他再次出現了苦笑的表情。

「我走了，幫我跟你對孖女映雪映霜問好！再見！」

岳曉純說完轉身離開，他看著她的背影，慢慢消失於漆黑之中。

他雙手插袋，回頭看著跟他的筆名一樣孤獨的大海。

「用上一生時間，創造一個世界嗎？」

未來是怎樣，根本就沒有人能夠預測，是否可以繼續創造世界，他根本就不會知道，不過，他已經決定要繼續完成他這一幅「拼圖」。

「第一百本書了，不，是一百零一本了。」他繼續在自言自語：「真的不捨得書中的角色呢。」

每次寫完一本小說，他也有同樣的想法，每一個角色都是有血有肉的，他會不捨得他們，就像跟他們一起參加遊戲與完成故事一樣。

「見苦，別要只保佑浪牧與白蜜，你也要好好保佑我，知道嗎？」他向著天空說：「好了，我也走了。」

他突然想到……

「媽的，忘記了！剛才應該問她比特幣會升到多少？嘿嘿。」

他笑著，離開了碼頭。

《APPER人性遊戲》從第一部到第四部，最後是十年後的前傳，一共用了十四年的時間……

終於結束了。

十多年的時間，你改變了多少？

你還像從前的那個你嗎？

你，看到這裡了嗎？

你，還在嗎？

請對著這本小說，說一句……

「我在。」

人性，人的基本屬性。

「ENJOY THE GAME.」

就算我們經歷了不同的故事，我也相信能給你閱讀的意義。

《APPERO 人性遊戲》全文完．

TIME

GAME 0000

時空 TIME

「勇敢，就是對信念的堅持、對他人的守護，甚至是對自我價值的證明。

我們每一個人，從嬰兒時候就已開始，勇敢地踏出第一步。雖然慢慢長大以後，我們的勇敢棱角逐漸被磨平，不過，我們還是要勇敢地跨過重重的難關。

南非人權領袖尼爾森．曼德拉（Nelson Mandela）的名言：『我學到，勇敢不是沒有恐懼，而是戰勝恐懼。』要戰勝恐懼是非常困難，但如果不去嘗試，就已經輸掉了。

請勇敢地走出屬於你的人生。」

「我會在第一百本小說中才說出來。我只能說，我們現在是生活在『世界第二十七次循環』，所有故事都是在『第二十七次循環』中發生，如果你有看過我第一本出版的小說《預言故事》，應該會比較明白。」

這是十年前，我在觀塘碼頭跟岳隨心說的一段說話，收錄於《APPER4人性遊戲（三）》之中。

很快十年時間過去，不知是巧合還是天意，第一百本作品，正好就是《APPER0》，就容我在此解釋什麼是「第二十七次循環」。

先說明最重要的一點，「循環」的意思，就是一個世界由開始到結束，完結了一個「循環」就會來到下一個「循環」。

因為太過複雜，我會以第一人稱去解釋，這樣會比較寫得順暢。

還有，先說明，如果你問我：「真的有可能嗎？」

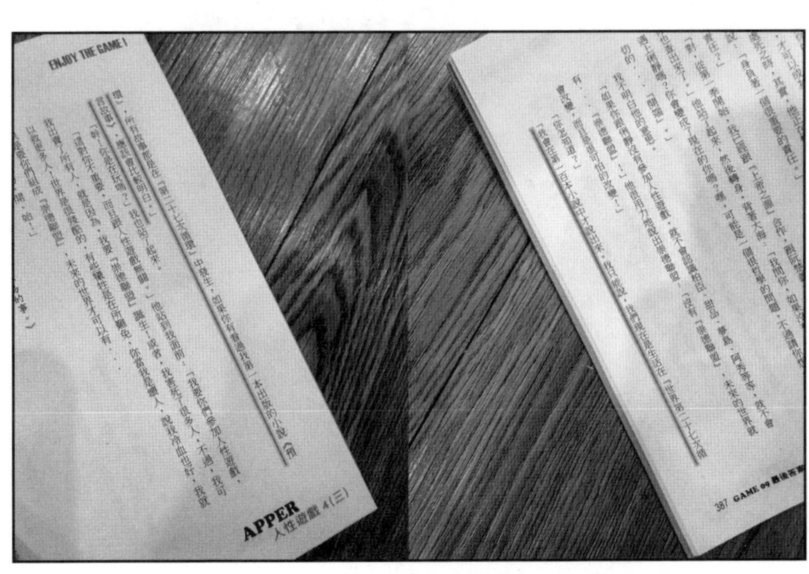

我會跟你說：「當然有！」

可能你不會相信，就好像從前人類不相信地球是圓的，又或者不會想到未來的世界，人類可以坐飛機橫越大西洋一樣。

所有東西都是本來沒可能，同時……亦有可能。

首先，給你們看看「孤泣小說世界」編年史圖。

因為是黑白印刷，如果看不清楚，可以到這個網址細看。

https://ray.lwoavie.com/ 簡介

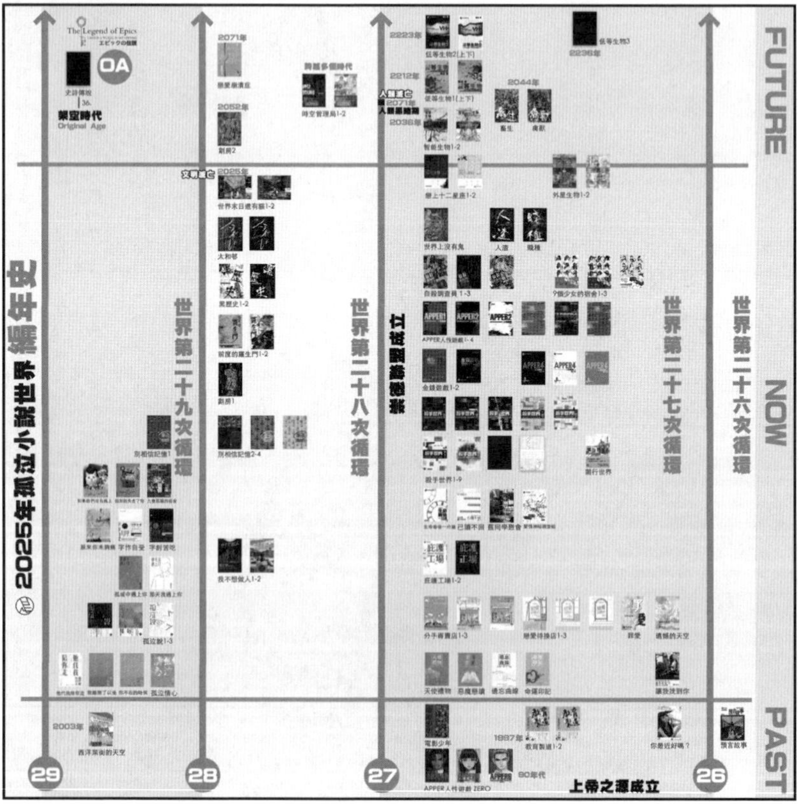

2025年孤泣小說世界 編年史

FUTURE
NOW
PAST

世界第二十六次循環
世界第二十七次循環
世界第二十八次循環
世界第二十九次循環

其他的細節，比如誰出現過在某一本小說，誰又跟誰原來有關係等等，在網頁中另一張二零二二年的編年表有備注的 01.、02. 等細節，可以在網上看到注釋，我就不詳談了，而且絕對不是全部注釋，只是寫出比較重要的段落與人物關係，還有很多很多有關聯的，就等讀者慢慢發掘吧。

我有時會想，會不會有一天我死後，會有人真的研究孤泣小說呢？

別忘記，「根本沒有可能，同時亦有可能」。

編年史圖中，分成了「PAST」、「NOW」、「FUTURE」。PAST 是過去的意思，就是以我出版第一本書籍的二零零八年十二月為分界，之前的日子都被歸納為過去。

而 FUTURE 未來，就是由現在起（二零二五年），還未發生的日子，比如說，二零七一年的《戀愛崩潰症》。

我人生中第一本出版的小說（不是散文），就是《預言故事》，十多年前開始，我已經有這「世界循環」的概念，而每個角色穿插於不同小說故事的安排，比《復仇者聯盟》更早已經有這樣的想法。

只是沒想到，十多年後的今天，會變得如此的複雜。

不過也很正常，出現的小說人物愈來愈多，每寫完一本作品就會有更多的角色出現，久而久之，就變得現在這麼「龐大」。

細節不用看，就看看圖片最下方的「數字」：26、27、28、29、OA。

這些「數字」就是代表世界每一次循環，「26」就是代表第二十六次循環、「27」就是第二十七次循環，如此類推。

對，忘了說，現在你了解的東西，是顛覆你看過的電影、電視劇的情節，因為從來沒有人會這樣寫「時空」。

首先，在我的小說之中，就只有《預言故事》前半部與短篇故事《讓我找到你》是第二十六次循環發生的事，而你現在看到的《APPERO》故事，全都是第二十七次循環發生的。

現在打著字的「我」，跟看著書的「你」，是身處在二十九次循環之中，即是說……

我寫的故事，是「其他循環」的我，用某種方法（可能是跨時空的雲端）放入我的腦中，然後，我就可以在二十九次循環中，寫出二十七次循環的故事。

孤泣的小說，可以說是我絞盡腦汁的創作；同時，也可以說是「**那個『我』把故事告訴我**」。

開始變得複雜了嗎？

不要緊，這次我會再詳細地解釋。

世界會不斷循環，而我只知道有26、27、28、29、OA的循環，其實可能會有更多，不過我「腦中」就只有這幾個循環的設定。

第二十六次循環的世界，就是《預言故事》的那個世界中發生的故事。

第二十七次循環，就是《APPER人性遊戲》、《殺手世界》、《低等生物》等等小說那個世界的故事。

第二十八次循環，就是《劏房》、《世界末日還有貓》、《時空管理局》等等，在那個世界發生的故事。

第二十九次循環，《別相信記憶》第一集與《西洋菜街的故事》，還有全部孤泣散文書籍，就是現在的「我」跟看小說的「你」。

還有一點很重要，比如《西洋菜街的故事》，是我在二十九次循環（即是你看書的這一個世界），二零零三年真正經歷的故事，但這不代表第二十六、二十七、二十八次循環的我沒有發生。

即是說，在其他循環中，也許有些事情是「同樣有發生」，只不過我不知道。

另外經常有讀者問我：「你是不是殺手？」

我「是」，同時也「不是」。

在第二十七次循環的「孤泣」是殺手悲哭，但在二十九次循環的「我」，就是寫《殺手世界》小說的作家，卻不是殺手。

別忘記，我絞盡腦汁的創作，其實是每次循環的「孤泣」告訴我的故事，所以，其實也是我的故事。我是殺手，同時也不是。

有一點要說明，第二十八次循環與第二十九次循環的「我」，是比較接近的，因為兩個循環的我都有出版相同的散文。

而唯一發生在二十九次循環的故事，就是《別相信記憶》的第一集，是我手寫十一本日記簿的故事，全都是真實發生在二十九次循環之中，是年輕時代的我；當然，之後的故事，就是在二十八次循環發生的。

可能你會說……

「其他世界循環的你，好像比現在二十九次循環的你這個世界更精彩！」

其實，我才不覺得。

因為我可以「獲得」其他循環的故事，就好像經歷不同的「自己」，在不同的循環與時代所發生的所有故事。只有「一生」卻可以享受「多生」的經歷，其實現在的「我」，才是最幸福的，嘿。

我腦海中還有一個「OA」的架空時代（Original Age），圖片的左上方，即是說，有某一個「我」不知道的循環中，會有一個完全不像現在世界的故事。

我自己也非常期待。

另外，其實在每一個循環之中，都有屬於自己的「平行時空」與「多重宇宙」，比如《教育製道》、《外星生物》、《世界末日還有貓》、《劏房》、《時空管理局》等，都有自己各自的多重宇宙，而多重宇宙跟世界循環是不會有任何抵觸。

至於我還未寫的故事，其實在其他循環之中已經發生，比如《低等生物》第三部，只是現在的「時間」未到，我還未寫出那個故事。我腦海中已經出現了「孤泣小說補完計劃」，就好像現在《APPERO》一樣，當「時間」到了，我就會寫出來。

而當二十七次循環的岳隨心，看到我出版的第一百本作品，就會明白整個「孤泣世界」的架構了。

說到這裡，大概已經明白「孤泣世界」的結構了嗎？

我所有的創作，都是由「不同循環」的孤泣傳送到我腦中，然後讓我在二十九次循環中寫出的小說與故事，都是真實發生的故事，只是不在我們身處的「二十九次循環」發生而已。

在不同循環之中，故事是有出入的，而「現在」的我，未可以說是完全掌握所有的故事，或者時間線會有出錯，因為「時間」還是在進行中，可能在未來才發現有些「故事」是跨越其他「循環」而發生。不過，日子愈來愈久，只要我能夠寫下去，幾個循環發生的故事就會愈來愈清晰。或者有一天，我可以真真正正把「孤泣世界」畫上一個句號。

看到這裡，你又再次問：「這樣的循環，真的有可能嗎？是不是真的？」

我又會重複說，所有東西都是本來沒可能，同時亦有可能。

如果不是我這樣的說法，我根本就不會相信自己可以在香港出版一百本書籍，一定是「那個循環的我」把故事放入我的腦中，要我繼續寫下去，才會有這一百本作品。

我不知道世界上有多少位作家可以出版一百本書，而且全部故事都有關係，但至少看到這裡的你，跟我一起創造這個「**不可能的編年史**」。

可能只有你跟我會相信，「循環」真的存在，不過，不要緊，至少……
我們都在這個世界中，用文字相遇，然後，一起走到現在。
你，還住在孤泣的世界嗎？
「用上一生時間，創作一個世界。」

可能只屬於一種孤芳自賞，感激在這循環中跟你遇上。

1 2
3 4

《APPERO人性遊戲》後記 Afterword

99、100、101……終於完成了。

終於兌現了在香港出版一百本書的承諾，也是對讀者的承諾，對我自己的承諾。

十多年的寫作生涯，就好像在夢境一樣，很夢幻同時又好實在。從前的我，根本不會相信我能夠可以出版一百本書籍，直至我寫完《APPERO》的一刻，我還是不敢相信。

這次《APPERO》是補完了整個「人性遊戲」正傳的故事。其實十年前已經有這個構思，可能是命運的安排，十年後才真正完成這個前傳故事。

每一本孤泣小說都是環環相扣的，這次是我嘗試「補完」，沒想到會這麼順利，也許，就如前文所說，總有一天補完全部故事，把「孤泣世界」畫上一個句號。

見苦、浪牧、白蜜，三個都是我很喜愛的角色，最後你有想到他們的結局嗎？我好像這麼多年來，從來沒寫過喜劇收尾，大多都是留有一線，又或是讓人反思的結局，這次你在書中有沒有得到「領悟」呢。

「一本懷有惡意的書籍，你逐漸看到它的價值。」

每一個遊戲也是精心設計，這次用了更多的「心理層面」去完成遊戲，鬥智鬥力，有時我真的希望讀者是「慢慢看」，然後會發現我留下的伏筆大叫「原來如此」！這種感覺對我來說是非常美好。

我要顧及舊讀者的同時，也要讓沒看過「人性遊戲」的新讀者看懂故事，當中花了不少工夫，你是舊讀者？還是新讀者呢？你明白故事當中想帶出的「反思」嗎？

我已經決定不會再寫「人性遊戲」的故事，不過，所有角色也有可能在其他作品之中出現，到時我們再跟他們聚聚舊，回憶每個人艱苦又美好的過去吧。

很奇怪，我不想停筆，那份「不捨」的感覺很強烈，或者，我們真的要摧毀一些最重要的東西，才可以重新的開始。

怎樣「不捨」還是要結束，但願在其他的孤泣作品中，可以跟大家再次見面。

「用上一生時間，創造一個世界。」

102、103、104、105……

請你繼續入住孤泣的這個世界。

人性，人的基本屬性。

Enjoy The Game.

Enjoy The Book.

Enjoy My World.

孤泣 5/2025

孤泣作品

LWOAVIE RAY COLLECTION

33

APPERO 人性遊戲 0-03

孤出版

lwoavie1

lwoavie

孤泣個人網址

ray.lwoavie.com

版權所有 翻印必究

© All Rights Reserved.

作者

孤泣

校對編輯

首喬

設計

孤泣

封面插畫

曹志豪

美術

joe@purebookdesign

出版

孤泣工作室有限公司

觀塘美興工業大廈 B 座 4 樓 B8 室

發行

一代匯集

九龍旺角塘尾道 64 號龍駒企業大廈

10 樓 B & D 室

承印

美雅印刷製本有限公司

九龍觀塘榮業街 6 號海濱工業大廈 4 樓 A 室

出版日期 / 2025 年 7 月

ISBN 978-988-71056-0-2

定價 / 港幣 $138